COLLECTION
FOLIO CLASSIQUE

Beaumarchais

Le Barbier de Séville

SUIVI DE

Jean Bête à la foire

Édition présentée et annotée
par Jacques Scherer

Gallimard

© *Editions Gallimard, 1982.*

PRÉFACE

La comédie du Barbier de Séville *est une des plus gaies et des plus claires du répertoire mondial ; d'emblée célèbre, elle l'est demeurée.* Jean Bête à la foire *n'est pas une comédie littéraire, et son charme ne peut guère toucher qu'un public informé des conventions propres au genre très particulier qui est le sien, celui de la « parade » ; aussi cette œuvre mineure n'est-elle souvent appréciée que par les spécialistes. Il a pourtant paru souhaitable de l'inclure dans la présente édition, non seulement parce que la longue et complexe genèse du* Barbier *passe par le genre de la parade et que, dans des contextes différents, les problèmes de Jean Bête sont ceux d'Almaviva, mais aussi parce que l'esthétique d'une pièce comme* Jean Bête, *marginale pour les contemporains et méprisée au* XIXe *siècle, s'accorde singulièrement avec la sensibilité moderne. Un érotisme peu dissimulé, une liberté verbale poussée au paroxysme, une façon sévère de juger la société à travers la simplicité invraisemblable d'une intrigue stéréotypée, voilà qui donne pour nous à la parade le charme paralittéraire qui peut être aujourd'hui, par exemple, celui de la bande dessinée.*

En outre, le Barbier *et* Jean Bête *ont dû être composés à peu près au cours de la même période de la vie de leur auteur, et cette période est cruciale. Créé seulement le*

23 février 1775, Le Barbier de Séville, *retardé par de nombreux incidents, avait été accepté à la Comédie-Française dès le 3 janvier 1773, et ce que nous savons des habitudes de travail de Beaumarchais fait penser que l'essentiel n'a pas été modifié pendant ces deux années. La rédaction de la comédie se situe donc en 1772.* Jean Bête à la foire *est beaucoup plus difficile à dater : cette petite pièce n'a jamais été jouée publiquement, Beaumarchais ne l'a jamais fait imprimer et ne parle guère de ses parades. Il y a sans doute eu plusieurs représentations privées de* Jean Bête. *La plus tardive ne doit guère être postérieure au 4 novembre 1772. La création peut être antérieure de plusieurs années, et il n'est pas exclu qu'elle remonte aux environs de 1765, voire de 1760. En gros, l'auteur du* Barbier *et de* Jean Bête *a entre trente et quarante ans. Il ne lui paraît alors nullement incompatible de faire jouer une œuvre comique à la Comédie-Française et de continuer à savourer les joies semi-clandestines de la parade. Cette double réaction, sans être unique en son siècle, est pourtant assez exceptionnelle et demande à être située et expliquée par les principaux événements de la vie de Beaumarchais dont elle est à peu près contemporaine.*

Sans refaire une biographie cent fois contée, on rappellera donc que Beaumarchais ne s'est jamais cantonné dans une activité d'écrivain professionnel. Il a été ou sera horloger, musicien, commerçant, juge, financier, intermédiaire en tous genres, forestier, plaideur passionné, agent diplomatique officieux ou secret, défenseur des intérêts professionnels des auteurs dramatiques, armateur fournisseur aux armées, éditeur... Et nous ne savons certainement pas tout de sa vie. Aussi est-il tentant d'imaginer le Beaumarchais des années 1760-1770 comme un triomphateur qui a déjà accumulé les victoires. Certes, il s'est admirablement entendu avec sa famille, il a acquis très jeune une maîtrise technique dans l'horlogerie, il a acheté sa première charge à vingt-trois ans, il a, par son premier mariage, acquis le nom de Beaumarchais, plus noble que celui de Caron, il a conquis la bienveillance de Louis XV et de ses filles, il est devenu le disciple du grand financier Pâris-Duverney, ami de Charles Le Normand d'Étioles pour qui il a écrit ses parades, il s'est enrichi de plus en plus consciencieusement, il a fait jouer deux drames, *Eugénie* et *Les Deux Amis*.

Mais les mêmes événements peuvent être l'objet d'une lecture tout à fait différente, et l'ascension de Beaumarchais, qui ne paraît pas niable au cours de ces années, est riche d'échecs et de crises, contre lesquels il aura besoin de toute sa ténacité. A dix-huit ans, il s'était heurté rudement contre son père. Un peu plus tard, il avait dû défendre son invention contre l'horloger Lepaute qui tentait de se l'attribuer. Sa première femme, puis sa deuxième, sont mortes après un an ou deux de mariage. Son fils est mort le 17 octobre 1772, au moment même où il travaillait sur *Jean Bête à la foire* et sur *Le Barbier de Séville* ; ce fils s'appelait Pierre-Augustin-Eugène et ces prénoms sont révélateurs de la force du lien qui unit chez Beaumarchais la vie personnelle à la création littéraire : Pierre-Augustin, c'est lui-même, et Eugénie était l'héroïne de sa première pièce ; c'est aussi le nom de la fille qu'il aura plus tard. En 1763, Beaumarchais éprouva ce qui fut sans doute le plus grand amour de sa vie : il aima une jeune fille des Antilles, Pauline Le Breton, et pendant plusieurs années il pensa l'épouser, mais jugeant sa fortune insuffisante et sa fidélité incertaine, il rompit avec elle en 1766. Son premier drame dut attendre de longues années avant d'être représenté ; toutefois, il réussit ; le deuxième échoua. Son alliance avec Pâris-Duverney fut fructueuse, mais se termina mal : le vieux financier mourut en 1770 sans avoir réglé ses comptes avec Beaumarchais, ce qui fut l'origine de difficultés inextricables. Dégénérant en scandales, celles-ci *retardèrent longuement la création du* Barbier. *En février 1773, Beaumarchais se querella avec le duc de Chaulnes et dut passer quelque temps en prison. En avril s'envenimèrent ses rapports avec le conseiller Goezman, qui l'accusa de corruption, et il perdit son procès contre le comte de La Blache, héritier de Pâris-Duverney. Malgré le succès de ses* Mémoires *devant l'opinion publique, il fut, au début de 1774, « blâmé », c'est-à-dire condamné à la perte de ses droits civiques ; Louis XV voulait le faire déporter. C'est dans cette circonstance critique qu'il se mit au service du gouvernement pour des missions délicates et secrètes. A Londres, il détruisit des libelles offensants pour Louis XV, mais le roi mourut peu après. A la fin de 1774, l'affaire Angelucci-Atkinson qui, autant que celle que contera Balzac, mérite le qualificatif de ténébreuse, va l'entraîner à travers toute l'Europe et finira une fois de plus par la prison.*

Dans ces conditions, la création littéraire, surtout lorsqu'elle appartient à l'ordre comique, n'est pas un luxe. Elle est une arme défensive. Ne s'avouant jamais vaincu, Beaumarchais a toujours réagi avec énergie contre des dangers parfois graves. Devant les déboires de l'agent secret, devant les scandales et les deuils un peu trop fréquents, se présentent, efficacement, Jean Bête à la foire *et* Le Barbier de Séville. *La première de ces deux pièces devait, par nature, rester confidentielle. La seconde clame devant tous le bonheur paradoxal de Beaumarchais. Il fallait, pour affermir et conserver son énergie, cette socialisation de la gaieté que constitue* Le Barbier de Séville.

Le succès de la comédie est dû, pour une bonne part, à la simplicité, au moins apparente, de sa construction. La simplicité est la première des valeurs du théâtre comique que Beaumarchais s'efforce de conquérir pendant ces années difficiles qui culminent dans la crise de 1774. Jean

Bête *se résume ainsi : par divers stratagèmes, le héros, amoureux d'Isabelle, parvient à l'épouser, malgré l'opposition du père de celle-ci, Cassandre. Le schéma du* Barbier de Séville *est identique : Almaviva arrache Rosine au tuteur, Bartholo. Les contemporains ont été sensibles à cette simplicité, dont ils n'ont pas critiqué la banalité, pourtant évidente. Ainsi un journal de 1775 dit du* Barbier : « *Tout le sujet... est très simple, ce qui n'est pas un petit mérite, puisqu'il est rare, et que la plupart de nos drames comiques ou tragiques sont aussi compliqués que des romans*[1] ».

*Cette simplicité n'est pas acquise sans efforts. Beaumarchais retravaillait sans cesse ses pièces, jusque dans le détail. On connaît sept manuscrits d'*Eugénie, *trois de* Jean Bête. Le Barbier de Séville *n'a pas gagné, à certaines étapes de son évolution, à vouloir devenir un opéra-comique ou une trop longue comédie en cinq actes. Il a fallu sacrifier, ou, comme on disait, donner au diable, les marques du zèle excessif de l'auteur. C'est ce qu'exprime un opuscule contemporain, la* Lettre du Diable, *où le Diable écrit à Beaumarchais :* « *Depuis longtemps, mon cher féal, j'attendais un nouveau présent de vous ; ainsi, lorsque vous m'avez donné le quatrième acte du* Barbier de Séville, *vous ne m'avez nullement étonné. Je savais par expérience quelle était votre louable coutume. Chaque fois que vous avez enrichi le théâtre français d'un drame en prose, le lendemain de la première représentation, vous m'en avez toujours donné un cinquième et même un quart*[2] ». *Au reste, cet effort vers la simplicité ne se prolongera pas au-delà du* Barbier de Séville : Le Mariage de Figaro *n'est nullement simple.*

1. *Annonces, affiches et avis divers,* du 9 août 1775, cité par Enzo Giudici, *Beaumarchais nel suo e nel nostro tempo : Le Barbier de Séville,* p. 419.
2. Cité par Giudici, *op. cit.*, p. 424.

L'originalité du Barbier de Séville *n'est donc pas dans sa matière. Celle-ci est au contraire empruntée à de nombreuses œuvres antérieures et relève d'une tradition comique éprouvée qui ne craint pas la banalité. Le sous-titre de la pièce,* La Précaution inutile, *est celui d'une nouvelle de Scarron dans un recueil que Molière a utilisé pour son* École des femmes. *Aussi bien Lintilhac a-t-il fait observer que le procédé du déguisement de l'amant pour berner un tuteur se retrouve dans sept comédies de Molière*[3].

Comment cette simplicité évite-t-elle la banalité et trouve-t-elle la saveur ? Pour le comprendre, il sera nécessaire de discerner, derrière la pureté de lignes qui est la principale vertu dramaturgique de la pièce, des glissements et des habiletés peu visibles. Certes, l'intrigue est très aisée à définir dans son ensemble. Un seul but : celui d'Almaviva, secondé par Figaro. Un seul obstacle : Bartholo. Même simplicité dans le dénouement, qui est atteint dès qu'est connue l'identité d'Almaviva, puisqu'il est impossible de s'opposer à un si grand seigneur, qui a d'ailleurs respecté les formes juridiques. Nécessaire, complet et rapide, ce dénouement obéit aux traditions les plus classiques. Il en est de même pour l'exposition, qui est claire, naturelle, contenue dans un bref premier acte où elle est déjà mêlée aux premiers éléments de l'action. Les péripéties, peu nombreuses, sont exploitées pour tous leurs retentissements psychologiques et comiques. Elles sont liées aux déguisements du Comte, en soldat, puis en musicien, à l'arrivée inopinée de Bazile au troisième acte et à l'exploitation que tente de faire Bartholo de la lettre écrite par Rosine au Comte. Les deux derniers cas mettent en valeur, selon le conseil de Diderot, une opposition comique entre les caractères et les situations. Le temps et le lieu sont

3. *Beaumarchais et ses œuvres,* p. 226.

strictement limités : la pièce dure moins de vingt-quatre heures et se joue dans deux lieux contigus, la rue devant la maison de Bartholo et l'intérieur de cette même maison.

Toutefois, en y regardant de plus près, on s'aperçoit que cette simplicité, fondement de la parfaite lisibilité de la pièce, est obtenue par des moyens parfois complexes. Ainsi, l'appartenance des personnages aux deux camps opposés n'est pas simple. Figaro se met dès le début au service du Comte, mais il conserve ses entrées dans la maison de Bartholo, et celui-ci, tout en se méfiant, croit pouvoir compter sur lui dans une certaine mesure. Le barbier glisse donc vers la fonction de traître, pour laquelle le théâtre de Beaumarchais a toujours manifesté une prédilection. Plus objectivement encore, Bazile est un autre traître. Payé, mais insuffisamment, par Bartholo, il finit par céder à la générosité supérieure du Comte. Le redoublement de cet effet de traîtrise assure, certes, la victoire d'Almaviva, mais lui pose aussi des problèmes difficiles, par manque de concertation. Il n'y a jamais aucune confrontation entre Figaro et Bazile. De la même manière, plus tard, dans Le Mariage de Figaro, *l'absence de communication entre Figaro et la Comtesse alimentera les rebondissements d'une intrigue surabondante.*

La conviction et la précision de chaque réplique du Barbier de Séville *font croire que la suite des événements est nécessaire et naturelle. Pourtant, les vraisemblances sont parfois discutables. Bartholo, souvent pénétrant, se laisse tromper quand il faut. Il ne reconnaît pas le Comte sous ses différents déguisements. Pendant la leçon de chant, il s'endort au bon moment. Il disparaît imprudemment pour que le dénouement puisse avoir lieu sans lui. Le* Journal encyclopédique *de Bouillon, contre qui se déchaînait la* Lettre modérée, *critique avec justesse d'autres invraisemblances : « On ne conçoit guère comment le Comte prend toute cette peine pour remettre une* lettre, tandis que Figaro, chirurgien de la maison du docteur, a ses entrées chez lui... Ce qui n'est guère plus aisé à comprendre, c'est que Bartholo, médecin, laisse purger tous ses domestiques par son barbier, qui, par ses remèdes, leur cause les accidents les plus dangereux ; ce qui prouve qu'il n'est point jaloux des prérogatives de son état... Le Comte s'est donné la peine de monter au balcon par une échelle avec Figaro, quoique la porte ne soit pas fermée, puisqu'on voit arriver un notaire et le conseil du docteur »...

Tout aussi trompeuse est la simplicité des lieux représentés sur la scène ; chacun d'eux est plus symbolique et plus ouvert qu'il ne semble au premier abord. Déjà le décor du premier acte était ambigu en ce qu'il représentait à la fois l'extérieur et l'intérieur, à savoir la rue, où se rencontraient le Comte et Figaro, et la jalousie fermant le balcon du premier étage, où pouvaient apparaître Bartholo et Rosine. Les actes suivants nous transportent à l'intérieur de cette même maison, mais au moins deux voies existent pour en sortir. Nous sommes dans l'appartement de Rosine, qui se ferme par la face interne de la jalousie du premier acte ; en outre, contigu à cet appartement, se trouve un « petit cabinet » qui, comme celui du Tartuffe de Molière dont il hérite, est « propre pour surprendre » : Figaro au deuxième acte, puis le Comte au troisième s'y cachent quelques instants. De ce cabinet un « petit escalier » intérieur mène à la porte de la rue, et les personnages l'empruntent à plusieurs reprises. Rosine n'est donc prisonnière qu'en apparence.

Le dernier moyen pour présenter comme simple une action qui possède toutes les armes de la complexité est d'y éliminer, ou du moins d'y atténuer fortement, les intentions de réalisme social qui, à l'inverse, caractérisent Le Mariage de Figaro et les drames de Beaumarchais. Sans doute les personnages du Barbier sont-ils situés dans une société : Bartholo, assez riche mais sans prestige, ne peut triompher d'un Comte chez qui noblesse et fortune surabondent ; Rosine, noble, pauvre et jeune, trouve au dénouement la place qui l'attend ; c'est à des obstacles sociaux que Figaro, dans l'esquisse de sa biographie qu'il propose au premier acte, s'est heurté. Sans doute aussi l'argent joue-t-il dans plusieurs aspects de la comédie un rôle qui n'est pas négligeable : Figaro doit à Bartholo cent écus que le texte rappelle à plusieurs reprises ; si le Comte est généreux, Bartholo lésine ; et surtout le dénouement n'est atteint que parce que le goût de l'argent se révèle, en fin de compte, commun à Bazile et à Bartholo. Mais cette insistance sur l'argent se révèle le seul élément réaliste précis du paysage social du Barbier. A part lui, la société n'y est guère que pittoresque. Le conflit entre Bartholo et le Comte est une lutte d'habiletés, non de classes sociales. Bartholo ne met jamais en question la puissance du Comte qui l'écrase. Il faudra à Beaumarchais encore bien des années d'épreuves pour que se développe dans Le Mariage de Figaro une véritable contestation sociale ; elle n'est encore, dans le Barbier, que bien discrète ; le frémissement de révolte qui parcourra le Mariage et qu'on interprétera comme prérévolutionnaire est encore à naître.

Même si le dernier acte effleure des situations et des expressions de drame, la recherche de l'émotion dramatique ne doit pas faire illusion : pour l'essentiel, la pièce est et veut être une comédie. Beaumarchais a renouvelé un sujet dont la matière est très banale en lui insufflant une gaieté qui fut saluée comme une grande nouveauté, car elle manquait cruellement aux comédies de la génération antérieure. Dans une lettre du 12 septembre 1775, il donnait son « secret » : « on ne rit plus à Paris », et cette « légère production » a réussi à faire rire. Dans un esprit analogue, le Mercure de France de mars-avril 1775 *portait sur* Le Barbier de Séville *cet excellent jugement : « Cette comédie est un imbroglio comique où il y a beaucoup de facéties, d'allusions plaisantes, de jeux de mots, de lazzis, de satires grotesques, de situations singulières et vraiment théâtrales, de caractères originaux, et surtout de gaieté vive et ingénieuse. »*

Il y a même davantage encore, et parfois la simplicité et la gaieté du Barbier *s'unissent pour donner naissance à une certaine poésie, en même temps que chaque personnage dit à chaque instant ce qu'il doit dire. Le dialogue ne cesse jamais d'être indistinctement clair et gai. Diderot, que Beaumarchais admirait tant, avait fait de l'allégresse une des valeurs, non hélas de son propre théâtre, mais de sa conception du monde et de la pensée. L'allégresse s'incarne ici à tous les niveaux d'une fiction théâtrale. C'est dire que le théâtre comique de Beaumarchais vaut par sa saveur, et celle-ci, éprouvée dans la lecture ou la représentation, n'est pas totalement rebelle à l'analyse. Il est assez clair que la prestesse et l'élégance caractérisent, non seulement le Comte Almaviva, mais* Le Barbier de Séville. *Bartholo lui-même a une façon élégante d'être brutal. On peut aussi être sensible à la discrétion de la sensualité souvent cachée derrière l'intelligence ordonnatrice. Rosine est un corps désirable pour le Comte (et accessoirement pour Figaro), mais le désir dont elle est l'image est intellectualisé et contraint d'animer les ingénieux chemins de la construction dramatique. Il reste perceptible, vivant et insuffle à l'ensemble du* Barbier *une sorte de poésie. Enzo Giudici a décrit de manière presque lyrique ce qu'il appelle la valeur tonale de cette comédie. Tout le scintillement du style, dit-il en substance, est à la fois cause et effet, dans le temps de la création, d'un climat, d'une atmosphère, d'un sens tout imaginaire (je traduis par là, bien imparfaitement, un merveilleux adjectif italien,* fiabesco*), idéal et musical,* *dans lequel les contours opaques de la réalité perdent leur valeur*[4]*...*

Il va sans dire que la stylistique de Jean Bête à la foire *est d'une autre nature. Sa saveur est plus forte, et pourra rebuter les délicats. Elle ne recule ni devant le scatologique ni devant les allusions obscènes ni devant les grossièretés de toutes sortes. Mais, ces libertés une fois admises, elle opère avec une paradoxale finesse des glissements entre les différents niveaux de langage : les mots à double entente, les méprises systématiques, les liaisons toujours fausses, les répétitions qu'une apparente naïveté semble rendre complaisantes, procurent aux personnages et à leurs auditeurs une légère ivresse qu'on chercherait en vain dans un théâtre plus policé.*

Beaucoup plus souvent que ne le voulait la conception conservatrice de la comédie littéraire, Le Barbier de Séville *épanouit le sentiment poétique qui anime son dialogue en une musique véritable. Musicien amateur, Beaumarchais a voulu que chacun des personnages principaux de sa comédie ait droit au moins à une chanson : Figaro, Almaviva, Rosine et même Bartholo chantent. Paradoxalement, le seul à ne pas chanter est le* « maître à chanter », *Bazile ; mais sa tirade sur la calomnie a visiblement une structure opératique. L'œuvre entière, que la musique nourrit déjà pour une part non négligeable de sentiment et d'exécution, tendait donc vers l'opéra-comique, qui au reste avait été une de ses formes primitives. Successivement, deux compositeurs italiens achevèrent la transformation. Le premier, Paisiello, un peu plus jeune que Beaumarchais, donna son* Barbiere di Siviglia *en 1782, au milieu de la campagne pour l'autorisation des représentations publiques du* Mariage de Figaro ; *Paisiello était alors maître de chapelle de Catherine II à Saint-*

4. Giucidi, p. 598.

Pétersbourg. Beaumarchais ne connut pas le second compositeur, Rossini, dont le Barbier *fut créé en 1816 à Rome. Rossini, qui vivra de longues années à Paris, partagea l'ensemble de son œuvre, comme Beaumarchais, entre le léger et le sérieux, et, comme Beaumarchais, connut dans sa vie des alternances de crises graves et de triomphes.*

Une autre valeur, fort rare et qui situe les aspects de la littérature dramatique qu'elle explique à l'opposé du réalisme, est commune à Jean Bête *et au* Barbier. *Elle est plus appuyée dans la parade et mieux fondue avec l'ensemble dans la comédie. C'est celle qui consiste, par un aveu d'artifice qu'épanouira la pratique brechtienne de la distanciation, à intégrer aux actions et aux déclarations des personnages les conventions théâtrales qui leur ont donné naissance. Cassandre n'est pas seulement le vieillard berné de la tradition de la farce ; il est le « bonhomme » Cassandre, comme si son emploi était devenu son nom véritable. Le jeune premier, dont le nom générique est Léandre, est, pour lui-même comme pour les autres, le « beau » Léandre. Lorsque les personnages parlent d'eux-mêmes au pluriel, et, plus encore, lorsqu'ils se réfèrent à des usages littéraires réglant leurs rapports (« On sait que les beaux Léandre ont de tout temps été les ennemis jurés des bonshommes Cassandre »), ils renoncent à toute individualité psychologique, se dissolvent dans une lignée d'exemplaires identiques constituant un type et conforment ostensiblement leur conduite à la volonté de leur auteur. On est passé de l'illusion à la démonstration, même si celle-ci est dérisoire. Rien n'empêche dès lors le personnage de se substituer à l'auteur dont il a usurpé la fonction. Jean Bête se proclame auteur de parades. On peut ainsi le soupçonner d'avoir écrit* Jean Bête à la foire, *pièce en dehors de laquelle il n'existe pas ; comme Dieu, il a créé sa propre existence. Il est beaucoup plus intrépide, dans les démarches de l'irréel, que l'auteur dramatique Figaro, qui ne s'est jamais prétendu l'auteur du* Mariage de Figaro.

Dans Le Barbier de Séville, *la sincérité de chaque personnage est conforme, sans effort apparent, à son modèle dramaturgique. Dans le cadre d'une fable stylisée à l'extrême, le personnage vit et parle avec le plus grand naturel, mais désigne en même temps, par des allusions qui se souviennent de la parade, les exigences de son rôle qui sont aussi celles de l'auteur, responsable de son être même. C'est pourquoi la comédie ne manque pas d'auteurs. Figaro s'y déclare écrivain. Non seulement il a fait jouer à Madrid une pièce de théâtre, mais son action dans l'intrigue, par laquelle il manipule tous les autres personnages, est proprement dramaturgique. Beaumarchais soupçonne Bartholo d'avoir écrit une tragédie. Le Comte improvise des paroles sur un air connu ; il est donc auteur, lui aussi. Il n'est pas jusqu'à Bazile qui ne se révèle arrangeur de proverbes.* La Précaution inutile *est le sous-titre du* Barbier de Séville. *Mais c'est aussi le titre d'une comédie avec chansons, supposée nouvelle, qu'on joue à Séville. Le nom de Lindor, qu'emprunte Almaviva, est aussi celui du personnage principal de cette comédie. On a ainsi une situation en écho, voire en abîme ; et pourtant Beaumarchais ne connaissait pas les abîmes de la critique actuelle. Quand, à la fin du* Barbier, *Figaro fait une dernière allusion à* La Précaution inutile, *le théâtre dans le théâtre fait un sourire au spectateur et la fiction rejoint la réalité.*

Le Barbier de Séville *serait-il — pour partie — un mythe sur la littérature ? Dans la mesure où il en serait ainsi, on devrait s'interroger sur la réalité de ses personnages. Il est significatif que l'histoire des interprétations*[5] *ne permette pas de dégager des variations éclairantes ou de*

5. Voir l'ouvrage de Maurice Descotes, *Les Grands Rôles du théâtre de Beaumarchais.*

fécondes découvertes ; fixés dans la tradition littéraire, il semble que les personnages ne soient point parvenus à révéler une véritable profondeur humaine. Certes, l'actuelle liberté du théâtre pourrait permettre, en forçant un peu les textes, d'aller plus loin. On proposerait, par exemple, un Bartholo sympathique et malheureux, presque angoissé ; ou bien une Rosine qui, consciente de son pouvoir, deviendrait cruelle. Cette réversibilité des psychologies ne prouverait guère que l'assurance d'un metteur en scène. Si l'on s'en tient au texte, les visages des personnages sont clairement dessinés sans être exagérément simples ; en fait, ils ont exactement les catactéristiques qu'exige l'action qui les anime. Bartholo, comme tuteur, doit tout surveiller, tout comprendre et tout diriger. Il faut donc qu'il soit intelligent ; ne met-il pas en question, dès sa première apparition, toute la civilisation contemporaine ? Il faut aussi qu'il soit dur, et il se conduit même en tyran, surtout avec d'aussi piètres adversaires que ses domestiques. Mais il faut aussi qu'il échoue à la fin, pour qu'un heureux dénouement puisse être atteint. Aussi en fait-il trop, et, à force d'être méfiant, tombe-t-il dans des pièges. Rosine est constamment sur la défensive ; elle est plus un enjeu qu'un actant ; de là résulte sa vraie psychologie : ingénieuse, mais contrainte à une docilité apparente, plus sensible que hardie, elle éclate parfois en brusques accès d'indignation. Le Comte est sans doute plus fonctionnel encore : paré de toutes les vertus, sujet et objet d'amour, il n'est guère qu'un langage distingué, où s'insèrent d'amusants déguisements. Figaro, à son rang social, participe à ces inventions et contribue largement au mouvement de l'intrigue. Comme Bartholo, mais moins par des jugements maussades que par les événements significatifs de sa vie passée et présente, il propose une critique efficace du monde contemporain. Comme le Comte, mais avec plus de brio, il est montré dans l'exercice même de la création littéraire, et son activité multiple oblige à donner tout son sens au talent d'écrire. Créer à partir de rien, créer avec des mots, c'est être Dieu. Sur le mode plaisant, et conformément à une tradition ancienne de la comédie, Figaro veut être ce dieu pour les autres personnages. Il se vante de l'être et parfois il l'est: C'est sans doute ce qui lui donne l'assurance, la gaieté intérieure qui rendent le rôle si humain et si prestigieux à la fois. De tous les personnages du Barbier, *Figaro, image transposée de son auteur, est probablement le plus intériorisé. C'est pourquoi Beaumarchais s'intéressera ensuite à la vie sentimentale de ce curieux valet et pensera, dès* Le Barbier de Séville, *au* Mariage de Figaro.

Jacques Scherer.

Le Barbier de Séville

OU

La Précaution inutile

COMÉDIE EN QUATRE ACTES
EN PROSE

Et j'étais père, et je ne pus mourir !

ZAÏRE, acte II.

LETTRE MODÉRÉE
SUR LA CHUTE ET LA CRITIQUE DU *BARBIER DE SÉVILLE*

L'auteur, vêtu modestement et courbé, présentant sa pièce au lecteur

MONSIEUR,

J'ai l'honneur de vous offrir un nouvel Opuscule de ma façon. Je souhaite vous rencontrer dans un de ces moments heureux où, dégagé de soins, content de votre santé, de vos affaires, de votre Maîtresse, de votre dîner, de votre estomac, vous puissiez vous plaire un moment à la lecture de mon *Barbier de Séville,* car il faut tout cela pour être homme amusable et Lecteur indulgent.

Mais si quelque accident a dérangé votre santé, si votre état est compromis, si votre Belle a forfait à ses serments, si votre dîner fut mauvais ou votre digestion laborieuse, ah ! laissez mon *Barbier ;* ce n'est pas là l'instant ; examinez l'état de vos dépenses, étudiez le *Factum* de votre Adversaire, relisez ce traître billet surpris à Rose, ou parcourez les chefs-d'œuvre de Tissot [1] sur la tempérance, et faites des réflexions politiques, économiques, diététiques, philosophiques ou morales.

Ou si votre état est tel qu'il vous faille absolument l'oublier, enfoncez-vous dans une bergère, ouvrez le Journal établi dans Bouillon avec Encyclopédie, Approbation et Privilège [2], et dormez vite une heure ou deux.

Quel charme aurait une production légère au milieu des plus noires vapeurs, et que vous importe, en effet, si Figaro le Barbier s'est bien moqué de Bartholo le Médecin en aidant un Rival à lui souffler sa Maîtresse ? On rit peu de la gaieté d'autrui, quand on a de l'humeur pour son propre compte.

Que vous fait encore si ce Barbier Espagnol, en arrivant dans Paris, essuya quelques traverses, et si la prohibition de ses exercices a donné trop d'importance aux rêveries de mon bonnet ? On ne s'intéresse guère aux affaires des autres que lorsqu'on est sans inquiétude sur les siennes.

Mais enfin tout va-t-il bien pour vous ? Avez-vous à souhait double estomac, bon Cuisinier, Maîtresse honnête et repos imperturbable ? Ah ! parlons, parlons ; donnez audience à mon *Barbier.*

Je sens trop, Monsieur, que ce n'est plus le temps où, tenant mon manuscrit en réserve, et semblable à la Coquette qui refuse souvent ce qu'elle brûle toujours d'accorder, j'en faisais quelque avare lecture à des Gens préférés, qui croyaient devoir payer ma complaisance par un éloge pompeux de mon Ouvrage.

O jours heureux ! Le lieu, le temps, l'auditoire à ma dévotion et la magie d'une lecture adroite assurant mon succès, je glissais sur le morceau faible en appuyant les bons endroits ; puis, recueillant les suffrages du coin de l'œil avec une orgueilleuse modestie, je jouissais d'un triomphe d'autant plus doux que le jeu d'un fripon d'Acteur ne m'en dérobait pas les trois quarts pour son compte.

Que reste-t-il, hélas ! de toute cette gibecière ? A l'instant qu'il faudrait des miracles pour vous subjuguer, quand la verge de Moïse y suffirait à peine, je n'ai plus même la ressource du bâton de Jacob[3] ; plus d'escamotage, de tricherie, de coquetterie, d'inflexions de voix, d'illusion théâtrale, rien. C'est ma vertu toute nue que vous allez juger.

Ne trouvez donc pas étrange, Monsieur, si, mesurant mon style à ma situation, je ne fais pas comme ces Écrivains qui se donnent le ton de vous appeler négligemment *Lecteur, ami Lecteur, cher Lecteur, benin* ou *benoît Lecteur,* ou de telle autre dénomination cavalière, je dirais même indécente, par laquelle ces imprudents essayent de se mettre au pair avec leur Juge, et qui ne fait bien souvent que leur en attirer l'animadversion. J'ai toujours vu que les airs ne séduisaient personne, et que le ton modeste d'un Auteur pouvait seul inspirer un peu d'indulgence à son fier Lecteur.

Eh ! quel Écrivain en eut jamais plus besoin que moi ? Je voudrais le cacher en vain. J'eus la faiblesse autrefois, Monsieur, de vous présenter, en différents temps, deux tristes Drames, productions monstrueuses, comme on sait, car entre la Tragédie et la Comédie, on n'ignore plus qu'il n'existe rien ; c'est un point décidé, le Maître l'a dit, l'École en retentit, et pour moi, j'en suis tellement convaincu, que si je voulais aujourd'hui mettre au Théâtre une mère éplorée, une épouse trahie, une sœur éperdue, un fils déshérité, pour les présenter décemment au Public, je commencerais par leur supposer un beau Royaume où ils auraient régné de leur mieux, vers l'un des Archipels ou dans tel autre coin du monde ; certain, après cela, que l'invraisemblance du roman, l'énormité des faits, l'enflure des caractères, le gigantesque des idées et la bouffissure du langage, loin de m'être imputés à reproche, assureraient encore mon succès.

Présenter des hommes d'une condition moyenne, accablés et dans le malheur, fi donc ! On ne doit jamais les montrer que bafoués. Les Citoyens ridicules et les Rois malheureux, voilà tout le Théâtre existant et possible, et je me le tiens pour dit ; c'est fait, je ne veux plus quereller avec personne.

J'ai donc eu la faiblesse autrefois, Monsieur, de faire des Drames qui n'étaient pas *du bon genre,* et je m'en repens beaucoup.

Pressé depuis par les événements, j'ai hasardé de malheureux Mémoires [4], que mes ennemis n'ont pas trouvés *du bon style,* et j'en ai le remords cruel.

Aujourd'hui, je fais glisser sous vos yeux une Comédie fort gaie, que certains Maîtres de goût n'estiment pas *du bon ton,* et je ne m'en console point.

Peut-être un jour oserai-je affliger votre oreille d'un Opéra [5], dont les jeunes gens d'autrefois diront que la musique n'est pas *du bon français,* et j'en suis tout honteux d'avance.

Ainsi, de fautes en pardons et d'erreurs en excuses, je passerai ma vie à mériter votre indulgence, par la bonne foi naïve avec laquelle je reconnaîtrai les unes en vous présentant les autres.

Quant au *Barbier de Séville,* ce n'est pas pour corrompre votre jugement que je prends ici le ton respectueux : mais on m'a fort assuré que, lorsqu'un Auteur était sorti, quoique échiné, vainqueur au Théâtre, il ne lui manquait plus que d'être agréé par vous, Monsieur, et lacéré dans quelques Journaux, pour avoir obtenu tous les lauriers littéraires. Ma gloire est donc certaine si vous daignez m'accorder le laurier de votre agrément, persuadé que plusieurs de Messieurs les Journalistes ne me refuseront pas celui de leur dénigrement.

Déjà l'un d'eux, établi dans Bouillon avec Approbation et Privilège, m'a fait l'honneur encyclopédique d'assurer à ses Abonnés que ma pièce était sans plan, sans unité, sans caractères, vide d'intrigue et dénuée de comique.

Un autre [6], plus naïf encore, à la vérité sans Approbation, sans Privilège et même sans Encyclopédie, après un candide exposé de mon Drame, ajoute au laurier de sa critique cet éloge flatteur de ma personne : « La réputation du sieur de Beaumarchais est bien tombée, et les honnêtes gens sont enfin convaincus que lorsqu'on lui aura arraché les plumes du paon, il ne restera plus qu'un vilain corbeau noir, avec son effronterie et sa voracité. »

Puisqu'en effet j'ai eu l'effronterie de faire la Comédie du *Barbier de Séville,* pour remplir l'horoscope entier, je pousserai la voracité jusqu'à vous prier humblement, Monsieur, de me juger vous-même, et sans égard aux Critiques passés, présents et futurs ; car vous savez que, par état, les Gens de Feuilles sont souvent ennemis des Gens de Lettres ; j'aurai même la voracité de vous prévenir qu'étant saisi de mon affaire, il faut que vous soyez mon Juge absolument, soit que vous le vouliez ou non, car vous êtes mon Lecteur.

Et vous sentez bien, Monsieur, que si, pour éviter ce tracas ou me prouver que je raisonne mal, vous refusiez constamment de me lire, vous feriez vous-même une pétition de principes au-dessous de vos lumières : n'étant pas mon Lecteur, vous ne seriez pas celui à qui s'adresse ma requête.

Que si, par dépit de la dépendance où je parais vous mettre, vous vous avisiez de jeter le Livre en cet instant de votre lecture, c'est, Monsieur, comme si, au milieu de tout autre jugement, vous étiez enlevé du Tribunal par la mort, ou tel accident qui vous rayât du nombre des Magistrats. Vous ne pouvez éviter de me juger qu'en devenant nul, négatif, anéanti, qu'en cessant d'exister en qualité de mon lecteur.

Eh ! quel tort vous fais-je en vous élevant au-dessus de moi ? Après le bonheur de commander aux hommes, le plus grand honneur, Monsieur, n'est-il pas de les juger ?

Voilà donc qui est arrangé. Je ne reconnais plus d'autre Juge que vous, sans excepter Messieurs les Spectateurs, qui, ne jugeant qu'en premier ressort, voient souvent leur sentence infirmée à votre Tribunal.

L'affaire avait d'abord été plaidée devant eux au Théâtre, et ces Messieurs ayant beaucoup ri, j'ai pu penser que j'avais gagné ma Cause à l'Audience. Point du tout ; le Journaliste, établi dans Bouillon, prétend que c'est de moi qu'on a ri. Mais ce n'est là, Monsieur, comme on dit en style de Palais, qu'une mauvaise chicane de Procureur : mon but ayant été d'amuser les Spectateurs ; qu'ils aient ri de ma Pièce ou de moi, s'ils ont ri de bon cœur, le but est également rempli, ce que j'appelle avoir gagné ma Cause à l'Audience.

Le même Journaliste assure encore, ou du moins laisse entendre, que j'ai voulu gagner quelques-uns de ces Messieurs en leur faisant des lectures particulières, en achetant d'avance leur suffrage par cette prédilection. Mais ce n'est encore là, Monsieur, qu'une difficulté de Publiciste allemand. Il est manifeste que mon intention n'a jamais été que de les instruire ; c'étaient des espèces de Consultations que je faisais sur le fond de l'affaire. Que si les Consultants, après avoir donné leur avis, se sont mêlés parmi les Juges, vous voyez bien, Monsieur, que je n'y pouvais rien de ma part, et que c'était à eux de se récuser par délicatesse, s'ils se sentaient de la partialité pour mon Barbier Andalou.

Eh ! plût au Ciel qu'ils en eussent un peu conservé pour ce jeune Étranger, nous aurions eu moins de peine à soutenir notre malheur éphémère. Tels sont les hommes : avez-vous du succès, ils vous accueillent, vous portent, vous caressent, ils s'honorent de vous ; mais gardez de broncher : au moindre échec, ô mes amis, souvenez-vous qu'il n'est plus d'amis.

Et c'est précisément ce qui nous arriva le lendemain de la plus triste soirée. Vous eussiez vu les faibles amis du Barbier se disperser, se cacher le visage ou s'enfuir ; les femmes, toujours si braves quand elles protègent, enfoncées dans les coqueluchons jusqu'aux panaches [7] et baissant des yeux confus ; les hommes courant se visiter, se faire amende honorable du bien qu'ils avaient dit de ma Pièce, et rejetant sur ma maudite façon de lire les choses tout le faux plaisir qu'ils y avaient goûté. C'était une désertion totale, une vraie désolation.

Les uns lorgnaient à gauche en me sentant passer à droite, et ne faisaient plus semblant de me voir : Ah Dieux ! D'autres, plus courageux, mais s'assurant bien si personne ne les regardait, m'attiraient dans un coin pour me dire : « Eh ! comment avez-vous produit en nous cette illusion ? car il faut en convenir, mon Ami, votre Pièce est la plus grande platitude du monde.

— Hélas ! Messieurs, j'ai lu ma platitude, en vérité, toute platement comme je l'avais faite ; mais, au nom de la bonté que vous avez de me parler encore après ma chute et pour l'honneur de votre second jugement, ne souffrez pas qu'on redonne la Pièce au Théâtre ; si, par malheur, on venait à la jouer comme je l'ai lue, on vous ferait peut-être une nouvelle tromperie, et vous vous en prendriez à moi de ne plus savoir quel jour vous eûtes raison ou tort ; ce qu'à Dieu ne plaise ! »

On ne m'en crut point, on laissa rejouer la Pièce, et pour le coup je fus prophète en mon pays. Ce pauvre Figaro, *fessé* par la cabale *en faux-bourdon* [8] et presque enterré le vendredi, ne fit point comme Candide, il prit courage, et mon Héros se releva le dimanche, avec une vigueur que l'austérité d'un carême entier et la fatigue de dix-sept séances publiques n'ont pas encore altérée. Mais qui sait combien cela durera ? Je ne voudrais pas jurer qu'il en fût seulement question dans cinq ou six siècles, tant notre Nation est inconstante et légère !

Les Ouvrages de Théâtre, Monsieur, sont comme les enfants des femmes : conçus avec volupté, menés à terme avec fatigue, enfantés avec douleur et vivant rarement assez pour payer les parents de leurs soins, ils coûtent plus de chagrins qu'ils ne donnent de plaisirs. Suivez-les dans leur carrière, à peine ils voient le jour que, sous prétexte d'enflure, on leur applique les Censeurs ; plusieurs en sont restés en chartre [9]. Au lieu de jouer doucement avec eux, le cruel Parterre les rudoie et les fait tomber. Souvent en les berçant, le Comédien les estropie. Les perdez-vous un instant de vue, on les retrouve, hélas ! traînant partout, mais dépenaillés, défigurés, rongés d'Extraits et couverts de Critiques. Échappés à tant de maux, s'ils brillent un moment dans le monde, le plus grand de tous les atteint, le mortel oubli les tue ; ils meurent, et, replongés au néant, les voilà perdus à jamais dans l'immensité des Livres.

Je demandais à quelqu'un pourquoi ces combats, cette guerre animée entre le Parterre et l'Auteur, à la première représentation des Ouvrages, même de ceux qui devaient plaire un autre jour. « Ignorez-vous, me dit-il, que Sophocle et le vieux Denys sont morts de joie d'avoir remporté le prix des Vers au Théâtre ? Nous aimons trop nos Auteurs pour souffrir qu'un excès de joie nous prive d'eux en les étouffant ; aussi, pour les conserver, avons-nous grand soin que leur triomphe ne soit jamais si pur, qu'ils puissent en expirer de plaisir. »

Quoi qu'il en soit des motifs de cette rigueur, l'enfant de mes loisirs, ce jeune, cet innocent *Barbier,* tant dédaigné le premier jour, loin d'abuser le surlendemain de son triomphe ou de montrer de l'humeur à ses Critiques, ne s'en est que plus empressé de les désarmer par l'enjouement de son caractère.

Exemple rare et frappant, Monsieur, dans un siècle d'Ergotisme [10] où l'on calcule tout jusqu'au rire, où la plus légère diversité d'opinions fait germer des haines éternelles, où tous les jeux tournent en guerre, où l'injure qui repousse l'injure est à son tour payée par l'injure, jusqu'à ce qu'une autre effaçant cette dernière en enfante une nouvelle, auteur de plusieurs autres, et propage ainsi l'aigreur à l'infini, depuis le rire jusqu'à la satiété, jusqu'au dégoût, à l'indignation même du Lecteur le plus caustique.

Quant à moi, Monsieur, s'il est vrai, comme on l'a dit, que tous les hommes soient frères, et c'est une belle idée, je voudrais qu'on pût engager nos frères les Gens de Lettres à laisser, en discutant, le ton rogue et tranchant à nos frères les Libellistes, qui s'en acquittent si bien ; ainsi que les injures à nos frères les Plaideurs... qui ne s'en acquittent pas mal non plus. Je voudrais surtout qu'on pût engager nos frères les Journalistes à renoncer à ce ton pédagogue et magistral avec lequel ils gourmandent les Fils d'Apollon et font rire la sottise aux dépens de l'esprit.

Ouvrez un Journal, ne semble-t-il pas voir un dur Répétiteur, la férule ou la verge levée sur des Écoliers négligents, les traiter en esclaves au plus léger défaut dans le devoir ? Eh ! mes Frères, il s'agit bien de devoir ici, la Littérature en est le délassement et la douce récréation.

A mon égard au moins, n'espérez pas asservir dans ses jeux mon esprit à la règle ; il est incorrigible, et, la classe du devoir une fois fermée, il devient si léger et badin que je ne puis que jouer avec lui.

Comme un liège emplumé qui bondit sur la raquette, il s'élève, il retombe, égaye mes yeux, repart en l'air, y fait la roue et revient encore. Si quelque Joueur adroit veut entrer en partie et ballotter à nous deux le léger volant de mes pensées, de tout mon cœur ; s'il riposte avec grâce et légèreté, le jeu m'amuse et la partie s'engage. Alors on pourrait voir les coups portés, parés, reçus, rendus, accélérés, pressés, relevés même, avec une prestesse, une agilité propre à réjouir autant les spectateurs qu'elle animerait les acteurs.

Telle, au moins, Monsieur, devrait être la Critique, et c'est ainsi que j'ai toujours conçu la dispute entre les Gens polis qui cultivent les Lettres.

Voyons, je vous prie, si le Journaliste de Bouillon a conservé dans sa critique ce caractère aimable et surtout de candeur pour lequel on vient de faire des vœux.

« La Pièce est une Farce », dit-il.

Passons sur les qualités. Le méchant nom qu'un Cuisinier étranger donne aux ragoûts français ne change rien à leur saveur. C'est en passant par ses mains qu'ils se dénaturent. Analysons la Farce de Bouillon.

« La Pièce, a-t-il dit, n'a pas de plan. »

Est-ce parce qu'il est trop simple qu'il échappe à la sagacité de ce Critique adolescent ?

Un Vieillard amoureux prétend épouser demain sa Pupille ; un jeune Amant plus adroit le prévient, et ce jour même en fait sa femme, à la barbe et dans la maison du Tuteur. Voilà le fond, dont on eût pu faire, avec un égal succès, une Tragédie, une Comédie, un Drame, un Opéra, *et caetera. L'Avare* de Molière est-il autre chose ? Le grand *Mithridate* est-il autre chose ? Le genre d'une pièce, comme celui de toute action, dépend moins du fond des choses que des caractères qui les mettent en œuvre.

Quant à moi, ne voulant faire, sur ce plan, qu'une Pièce amusante et sans fatigue, une espèce d'*imbroille*[11], il m'a suffi que le Machiniste[12], au lieu d'être un noir scélérat, fût un drôle de garçon, un homme insouciant, qui rit également du succès et de la chute de ses entreprises, pour que l'Ouvrage, loin de tourner en Drame sérieux, devînt une Comédie fort gaie ; et de cela seul que le Tuteur est un peu moins sot que tous ceux qu'on trompe au Théâtre, il a résulté beaucoup de mouvement dans la Pièce, et surtout la nécessité d'y donner plus de ressort aux intrigants.

Au lieu de rester dans ma simplicité comique, si j'avais voulu compliquer, étendre et tourmenter mon plan à la manière tragique ou *dramique,* imagine-t-on que j'aurais manqué de moyens dans une aventure dont je n'ai mis en Scènes que la partie la moins merveilleuse ?

En effet, personne aujourd'hui n'ignore qu'à l'époque historique où la pièce finit gaiement dans mes mains, la querelle commença sérieusement à s'échauffer, comme qui dirait derrière la toile, entre le Docteur et Figaro, sur les cent écus. Des injures on en vint aux coups. Le Docteur, étrillé par Figaro, fit tomber en se débattant le *rescille* [13] ou filet qui coiffait le Barbier, et l'on vit, non sans surprise, une forme de spatule imprimée à chaud sur sa tête rasée. Suivez-moi, Monsieur, je vous prie.

A cet aspect, moulu de coups qu'il est, le Médecin s'écrie avec transport : « Mon fils ! ô Ciel, mon Fils ! mon cher Fils !... » Mais avant que Figaro l'entende, il a redoublé de horions sur son cher Père. En effet, ce l'était.

Ce Figaro, qui pour toute famille avait jadis connu sa mère, est fils naturel de Bartholo. Le Médecin, dans sa jeunesse, eut cet enfant d'une Personne en condition, que les suites de son imprudence firent passer du service au plus affreux abandon [14].

Mais avant de les quitter, le désolé Bartholo, Frater [15] alors, a fait rougir sa spatule, il en a timbré son fils à l'occiput, pour le reconnaître un jour, si jamais le sort les rassemble. La mère et l'enfant avaient passé six années dans une honorable mendicité, lorsqu'un Chef de Bohémiens, descendu de Luc Gauric [16], traversant l'Andalousie avec sa troupe, et consulté par la mère sur le destin de son fils, déroba l'Enfant furtivement, et laissa par écrit cet horoscope à sa place :

Après avoir versé le sang dont il est né,
Ton fils assommera son Père infortuné :
Puis, tournant sur lui-même et le fer et le crime,
Il se frappe, et devient heureux et légitime.

En changeant d'état sans le savoir, l'infortuné jeune homme a changé de nom sans le vouloir ; il s'est élevé sous celui de Figaro ; il a vécu. Sa mère est cette Marceline, devenue vieille et Gouvernante chez le Docteur, que l'affreux horoscope de son fils a consolé de sa perte. Mais aujourd'hui, tout s'accomplit.

En saignant Marceline au pied, comme on le voit dans ma Pièce, ou plutôt comme on ne l'y voit pas, Figaro remplit le premier Vers :

Après avoir versé le sang dont il est né.

Quand il étrille innocemment le Docteur, après la toile tombée, il accomplit le second Vers :

Ton fils assommera son Père infortuné.

A l'instant, la plus touchante reconnaissance a lieu entre le Médecin, la Vieille et Figaro : *c'est vous ! c'est lui ! c'est toi ! c'est moi !* Quel coup de théâtre ! Mais le fils, au désespoir de son innocente vivacité, fond en larmes et se donne un coup de rasoir, selon le sens du troisième Vers :

Puis, tournant sur lui-même et le fer et le crime,
Il se frappe, et...

Quel tableau ! En n'expliquant point si du rasoir il se coupe la gorge ou seulement le poil du visage, on voit que j'avais le choix de finir ma Pièce au plus grand pathétique. Enfin, le Docteur épouse la Vieille, et Figaro, suivant la dernière leçon...

... devient heureux et légitime.

Quel dénouement ! Il ne m'en eût coûté qu'un sixième Acte. Et quel sixième Acte ! Jamais Tragédie au Théâtre Français... Il suffit. Reprenons ma Pièce en l'état où elle a été jouée et critiquée. Lorsqu'on me reproche avec aigreur ce que j'ai fait, ce n'est pas l'instant de louer ce que j'aurais pu faire.

« La Pièce est invraisemblable dans sa conduite », a dit encore le Journaliste établi dans Bouillon avec Approbation et Privilège.

Invraisemblable ! Examinons cela par plaisir.

Son Excellence M. le Comte Almaviva, dont j'ai depuis longtemps l'honneur d'être ami particulier, est un jeune Seigneur, ou pour mieux dire était, car l'âge et les grands emplois en ont fait depuis un homme fort grave, ainsi que je le suis devenu moi-même. Son Excellence était donc un jeune Seigneur espagnol, vif, ardent, comme tous les Amants de sa Nation, que l'on croit froide et qui n'est que paresseuse.

Il s'était mis secrètement à la poursuite d'une belle personne qu'il avait entrevue à Madrid et que son Tuteur a bientôt ramenée au lieu de sa naissance. Un matin qu'il se promenait sous ses fenêtres à Séville, où depuis huit jours il cherchait à s'en faire remarquer, le hasard conduisit au même endroit Figaro le Barbier. « Ah ! le hasard ! dira mon Critique, et si le hasard n'eût pas conduit ce jour-là le Barbier dans cet endroit, que devenait la Pièce ? — Elle eût commencé, mon Frère, à quelque autre époque. — Impossible, puisque le Tuteur, selon vous-même, épousait le lendemain. — Alors il n'y aurait pas eu de Pièce, ou, s'il y en avait eu, mon Frère, elle aurait été différente. Une chose est-elle invraisemblable, parce qu'elle était possible autrement ? »

Réellement, vous avez un peu d'humeur. Quand le Cardinal de

Retz nous dit froidement : « Un jour j'avais besoin d'un homme ; à la vérité, je ne voulais qu'un fantôme ; j'aurais désiré qu'il fût petit-fils de Henri le Grand, qu'il eût de longs cheveux blonds ; qu'il fût beau, bien fait, bien séditieux ; qu'il eût le langage et l'amour des Halles : et voilà que le hasard me fait rencontrer à Paris M. de Beaufort, échappé de la prison du Roi ; c'était justement l'homme qu'il me fallait. » Va-t-on dire au Coadjuteur : « Ah ! le hasard ! Mais si vous n'eussiez pas rencontré M. de Beaufort ? Mais ceci, mais cela... » ?

Le hasard donc conduisit en ce même endroit Figaro le Barbier, beau diseur, mauvais Poète, hardi Musicien, grand fringueneur [17] de guitare et jadis Valet de Chambre du Comte ; établi dans Séville, y faisant avec succès des barbes, des Romances et des mariages, y maniant également le fer du Phlébotome [18] et le piston du Pharmacien ; la terreur des maris, la coqueluche des femmes, et justement l'homme qu'il nous fallait. Et comme, en toute recherche, ce qu'on nomme passion n'est autre chose qu'un désir irrité par la contradiction, le jeune Amant, qui n'eût peut-être eu qu'un goût de fantaisie pour cette beauté, s'il l'eût rencontrée dans le monde, en devient amoureux, parce qu'elle est enfermée, au point de faire l'impossible pour l'épouser.

Mais vous donner ici l'extrait entier de la Pièce, Monsieur, serait douter de la sagacité, de l'adresse avec laquelle vous saisirez le dessein de l'Auteur, et suivrez le fil de l'intrigue, en la lisant. Moins prévenu que le Journal de Bouillon, qui se trompe avec Approbation et Privilège sur toute la conduite de cette Pièce, vous verrez que *tous les soins de l'Amant* ne *sont* pas *destinés à remettre simplement une lettre,* qui n'est là qu'un léger accessoire à l'intrigue, mais bien à s'établir dans un fort, défendu par la vigilance et le soupçon, surtout à tromper un homme qui, sans cesse éventant la manœuvre, oblige l'ennemi de se retourner assez lestement pour n'être pas désarçonné d'emblée.

Et lorsque vous verrez que tout le mérite du dénouement consiste en ce que le Tuteur a fermé sa porte en donnant son passe-partout à Bazile, pour que lui seul et le Notaire pussent entrer et conclure son mariage, vous ne laisserez pas d'être étonné qu'un Critique aussi équitable se joue de la confiance de son Lecteur, ou se trompe au point d'écrire, et dans Bouillon encore : *Le Comte s'est donné la peine de monter au balcon par une échelle avec Figaro, quoique la porte ne soit pas fermée.*

Enfin, lorsque vous verrez le malheureux Tuteur, abusé par toutes les précautions qu'il prend pour ne le point être, à la fin forcé de signer au contrat du Comte et d'approuver ce qu'il n'a pu prévenir, vous laisserez au Critique à décider si ce Tuteur était un *imbécile* de ne pas deviner une intrigue dont on lui cachait tout, lorsque lui

Critique, à qui l'on ne cachait rien, ne l'a pas devinée plus que le Tuteur.

En effet, s'il l'eût bien conçue, aurait-il manqué de louer tous les beaux endroits de l'Ouvrage ?

Qu'il n'ait point remarqué la manière dont le premier Acte annonce et déploie avec gaieté tous les caractères de la Pièce, on peut lui pardonner.

Qu'il n'ait pas aperçu quelque peu de comédie dans la grande Scène du second Acte, où, malgré la défiance et la fureur du jaloux, la Pupille parvient à lui donner le change sur une lettre remise en sa présence, et à lui faire demander pardon à genoux du soupçon qu'il a montré, je le conçois encore aisément.

Qu'il n'ait pas dit un seul mot de la Scène de stupéfaction de Bazile au troisième Acte, qui a paru si neuve au Théâtre, et a tant réjoui les Spectateurs, je n'en suis point surpris du tout.

Passe encore qu'il n'ait pas entrevu l'embarras où l'auteur s'est jeté volontairement au dernier Acte, en faisant avouer par la Pupille à son Tuteur que le Comte avait dérobé la clef de la jalousie ; et comment l'Auteur s'en démêle en deux mots, et sort en se jouant de la nouvelle inquiétude qu'il a imprimée aux Spectateurs. C'est peu de chose en vérité.

Je veux bien qu'il ne lui soit pas venu à l'esprit que la Pièce, une des plus gaies qui soient au Théâtre, est écrite sans la moindre équivoque, sans une pensée, un seul mot dont la pudeur, même des petites Loges [19], ait à s'alarmer, ce qui pourtant est bien quelque chose, Monsieur, dans un siècle où l'hypocrisie de la décence est poussée presque aussi loin que le relâchement des mœurs. Très volontiers. Tout cela sans doute pouvait n'être pas digne de l'attention d'un Critique aussi majeur.

Mais comment n'a-t-il pas admiré ce que tous les honnêtes gens n'ont pu voir sans répandre des larmes de tendresse et de plaisir ? je veux dire, la piété filiale de ce bon Figaro, qui ne saurait oublier sa mère !

Tu connais donc ce Tuteur ? lui dit le Comte au premier Acte. *Comme ma mère,* répond Figaro. Un avare aurait dit : *Comme mes poches.* Un Petit-Maître eût répondu : *Comme moi-même.* Un ambitieux : *Comme le chemin de Versailles ;* et le journaliste de Bouillon : *Comme mon Libraire :* les comparaisons de chacun se tirant toujours de l'objet intéressant. *Comme ma mère,* a dit le fils tendre et respectueux.

Dans un autre endroit encore : *Ah ! vous êtes charmant !* lui dit le Tuteur. Et ce bon, cet honnête Garçon, qui pouvait gaiement assimiler cet éloge à tous ceux qu'il a reçus de ses Maîtresses, en revient toujours à sa bonne mère, et répond à ce mot : *Vous êtes charmant ! — Il est vrai, Monsieur, que ma mère me l'a dit autrefois.* Et le Journal de Bouillon ne relève point de pareils traits ! Il faut avoir le cerveau bien desséché pour ne pas les voir, ou le cœur bien dur pour ne pas les sentir !

Sans compter mille autres finesses de l'Art répandues à pleines mains dans cet Ouvrage. Par exemple, on sait que les Comédiens ont multiplié chez eux les emplois à l'infini : emplois de grande, moyenne et petite Amoureuse ; emplois de grands, moyens et petits Valets ; emplois de Niais, d'Important, de Croquant, de Paysan, de Tabellion, de Bailli ; mais on sait qu'ils n'ont pas encore appointé celui de Bâillant. Qu'a fait l'Auteur pour former un Comédien peu exercé au talent d'ouvrir largement la bouche au Théâtre ? Il s'est donné le soin de lui rassembler dans une seule phrase toutes les syllabes bâillantes du français : *Rien... qu'en... l'en... ten... dant... parler,* syllabes en effet qui feraient bâiller un mort, et parviendraient à desserrer les dents mêmes de l'envie !

En cet endroit admirable où, pressé par les reproches du Tuteur qui lui crie : *Que direz-vous à ce malheureux qui bâille et dort tout éveillé ? et l'autre qui depuis trois heures éternue à se faire sauter le crâne et jaillir la cervelle, que leur direz-vous ?* Le naïf Barbier répond : *Eh parbleu ! je dirai à celui qui éternue : Dieu vous bénisse ! et : Va te coucher, à celui qui bâille.* Réponse en effet si juste, si chrétienne et si admirable, qu'un de ces fiers Critiques, qui ont leurs entrées au Paradis, n'a pu s'empêcher de s'écrier : « Diable ! l'Auteur a dû rester au moins huit jours à trouver cette réplique ! »

Et le Journal de Bouillon, au lieu de louer ces beautés sans nombre, use encre et papier, Approbation et Privilège, à mettre un pareil Ouvrage au-dessous même de la Critique ! On me couperait le cou, Monsieur, que je ne saurais m'en taire.

N'a-t-il pas été jusqu'à dire, le cruel ! que, *pour ne pas voir expirer ce* Barbier *sur le Théâtre, il a fallu le mutiler, le changer, le refondre, l'élaguer, le réduire en quatre Actes et le purger d'un grand nombre de pasquinades, de calembours, de jeux de mots, en un mot, de bas comique.*

A le voir ainsi frapper comme un sourd, on juge assez qu'il n'a pas entendu le premier mot de l'Ouvrage qu'il décompose. Mais j'ai l'honneur d'assurer ce Journaliste, ainsi que le jeune homme qui lui taille ses plumes et ses morceaux, que, loin d'avoir purgé la Pièce d'aucun des *calembours, jeux de mots,* etc., qui lui eussent nui le premier jour, l'Auteur a fait rentrer dans les Actes restés au Théâtre tout ce qu'il en a pu reprendre à l'Acte au portefeuille : tel un charpentier économe cherche, dans ses copeaux épars sur le chantier, tout ce qui peut servir à cheviller et boucher les moindres trous de son ouvrage.

Passerons-nous sous silence le reproche aigu qu'il fait à la jeune personne d'avoir *tous les défauts d'une fille mal élevée ?* Il est vrai que, pour échapper aux conséquences d'une telle imputation, il tente à la rejeter sur autrui, comme s'il n'en était pas l'auteur, en employant cette expression banale : *On trouve à la jeune personne,* etc. On trouve !...

Que voulait-il donc qu'elle fît ? Qu'au lieu de se prêter aux vues d'un jeune Amant très aimable et qui se trouve un homme de qualité, notre charmante enfant épousât le vieux podagre Médecin ? Le noble établissement qu'il lui destinait là ! Et parce qu'on n'est pas de l'avis de Monsieur, on a *tous les défauts d'une fille mal élevée !*

En vérité, si le Journal de Bouillon se fait des amis en France par la justesse et la candeur de ses Critiques, il faut avouer qu'il en aura beaucoup moins au delà des Pyrénées, et qu'il est surtout un peu bien dur pour les Dames Espagnoles.

Eh ! qui sait si son Excellence Madame la Comtesse Almaviva, l'exemple des femmes de son état et vivant comme un Ange avec son mari, quoiqu'elle ne l'aime plus, ne se ressentira pas un jour des libertés qu'on se donne à Bouillon, sur elle, avec Approbation et Privilège ?

L'imprudent Journaliste a-t-il au moins réfléchi que son Excellence ayant, par le rang de son mari, le plus grand crédit dans les Bureaux, eût pu lui faire obtenir quelque pension sur la Gazette d'Espagne ou la Gazette elle-même, et que dans la carrière qu'il embrasse il faut garder plus de ménagements pour les femmes de qualité ? Qu'est-ce que cela me fait à moi ? L'on sent bien que c'est pour lui seul que j'en parle !

Il est temps de laisser cet adversaire, quoiqu'il soit à la tête des gens qui prétendent que, *n'ayant pu me soutenir en cinq Actes, je me suis mis en quatre pour ramener le Public.* Eh ! quand cela serait ? Dans un moment d'oppression, ne vaut-il pas mieux sacrifier un cinquième de son bien que de le voir tout entier au pillage ?

Mais ne tombez pas, cher Lecteur... (Monsieur, veux-je dire), ne tombez pas, je vous prie, dans une erreur populaire qui ferait grand tort à votre jugement.

Ma Pièce, qui paraît n'être aujourd'hui qu'en quatre Actes, est réellement et de fait en cinq, qui sont le premier, le deuxième, le troisième, le quatrième et le cinquième, à l'ordinaire.

Il est vrai que, le jour du combat, voyant les Ennemis acharnés, le Parterre ondulant, agité, grondant au loin comme les flots de la mer, et trop certain que ces mugissements sourds, précurseurs des tempêtes, ont amené plus d'un naufrage, je vins à réfléchir que beaucoup de Pièces en cinq Actes (comme la mienne), toutes très bien faites d'ailleurs (comme la mienne), n'auraient pas été au diable en entier (comme la mienne), si l'Auteur eût pris un parti vigoureux (comme le mien).

« Le Dieu des cabales est irrité », dis-je aux Comédiens avec force :

Enfants ! un sacrifice est ici nécessaire.

Alors, faisant la part au Diable et déchirant mon manuscrit : « Dieu des Siffleurs, Moucheurs, Cracheurs, Tousseurs et Perturbateurs, m'écriai-je, il te faut du sang ? Bois mon quatrième Acte et que ta fureur s'apaise ! »

A l'instant vous eussiez vu ce bruit infernal qui faisait pâlir et broncher les Acteurs, s'affaiblir, s'éloigner, s'anéantir, l'applaudissement lui succéder, et des bas-fonds du Parterre un *bravo* général s'élever, en circulant, jusqu'aux hauts bancs du Paradis.

De cet exposé, Monsieur, il suit que ma Pièce est restée en cinq Actes, qui sont le premier, le deuxième, le troisième au Théâtre, le quatrième au diable et le cinquième avec les trois premiers. Tel Auteur même vous soutiendra que ce quatrième Acte, qu'on n'y voit point, n'en est pas moins celui qui fait le plus de bien à la Pièce, en ce qu'on ne l'y voit point.

Laissons jaser le monde ; il me suffit d'avoir prouvé mon dire ; il me suffit, en faisant mes cinq Actes, d'avoir montré mon respect pour Aristote, Horace, Aubignac[20] et les Modernes, et d'avoir mis ainsi l'honneur de la règle à couvert.

Par le second arrangement, le Diable a son affaire ; mon char n'en roule pas moins bien sans la cinquième roue, le Public est content, je le suis aussi. Pourquoi le Journal de Bouillon ne l'est-il pas ? — Ah ! pourquoi ! C'est qu'il est bien difficile de plaire à des gens qui, par métier, doivent ne jamais trouver les choses gaies assez sérieuses, ni les graves assez enjouées.

Je me flatte, Monsieur, que cela s'appelle raisonner principes et que vous n'êtes pas mécontent de mon petit syllogisme.

Reste à répondre aux observations dont quelques Personnes ont honoré le moins important des Drames hasardés depuis un siècle au Théâtre.

Je mets à part les lettres écrites aux Comédiens, à moi-même, sans signature et vulgairement appelées anonymes ; on juge à l'âpreté du style que leurs Auteurs, peu versés dans la Critique, n'ont pas assez senti qu'une mauvaise Pièce n'est point une mauvaise action, et que telle injure, convenable à un méchant homme, est toujours déplacée à un méchant Écrivain. Passons aux autres.

Des Connaisseurs ont remarqué que j'étais tombé dans l'inconvénient de faire critiquer des usages français par un Plaisant de Séville à

Séville, tandis que la vraisemblance exigeait qu'il s'étayât sur les mœurs Espagnoles. Ils ont raison ; j'y avais même tellement pensé que, pour rendre la vraisemblance encore plus parfaite, j'avais d'abord résolu d'écrire et de faire jouer la Pièce en langage Espagnol, mais un homme de goût m'a fait observer qu'elle en perdrait peut-être un peu de sa gaieté pour le Public de Paris, raison qui m'a déterminé à l'écrire en français ; en sorte que j'ai fait, comme on voit, une multitude de sacrifices à la gaieté, mais sans pouvoir parvenir à dérider le Journal de Bouillon.

Un autre Amateur, saisissant l'instant qu'il y avait beaucoup de monde au foyer, m'a reproché, du ton le plus sérieux, que ma Pièce ressemblait à : *On ne s'avise jamais de tout* [21]. « Ressembler, Monsieur ! Je soutiens que ma Pièce est : *On ne s'avise jamais de tout,* lui-même.

— Et comment cela ? — C'est qu'on ne s'était pas encore avisé de ma Pièce. » L'Amateur resta court, et l'on en rit d'autant plus, que celui-là qui me reprochait : *On ne s'avise jamais de tout,* est un homme qui ne s'est jamais avisé de rien.

Quelques jours après, ceci est plus sérieux, chez une Dame incommodée, un Monsieur grave, en habit noir, coiffure bouffante et canne à corbin [22], lequel touchait régulièrement le poignet de la Dame, proposa civilement plusieurs doutes sur la vérité des traits que j'avais lancés contre les Médecins. « Monsieur, lui dis-je, êtes-vous ami de quelqu'un d'eux ? Je serais désolé qu'un badinage... — On ne peut pas moins ; je vois que vous ne me connaissez pas, je ne prends jamais le parti d'aucun, je parle ici pour le Corps en général. » Cela me fit beaucoup chercher quel homme ce pouvait être. « En fait de plaisanterie, ajoutai-je, vous savez, Monsieur, qu'on ne demande jamais si l'histoire est vraie, mais si elle est bonne. — Eh ! croyez-vous moins perdre à cet examen qu'au premier ? — A merveille, Docteur, dit la Dame. Le Monstre qu'il est ! n'a-t-il pas osé parler mal aussi de nous ? Faisons cause commune. »

A ce mot de *Docteur,* je commençai à soupçonner qu'elle parlait à son Médecin. Il est vrai, Madame et Monsieur, repris-je avec modestie, que je me suis permis ces légers torts, d'autant plus aisément qu'ils tirent moins à conséquence.

Eh ! qui pourrait nuire à deux Corps puissants, dont l'empire embrasse l'univers et se partage le monde ? Malgré les Envieux, les Belles y régneront toujours par le plaisir, et les Médecins par la couleur, et la brillante santé nous ramène à l'Amour, comme la maladie nous rend à la Médecine.

Cependant, je ne sais si, dans la balance des avantages, la Faculté ne l'emporte pas un peu sur la Beauté. Souvent on voit les Belles nous renvoyer aux Médecins ; mais plus souvent encore les Médecins nous gardent et ne nous renvoient plus aux Belles.

En plaisantant donc, il faudrait peut-être avoir égard à la différence des ressentiments et songer que, si les Belles se vengent en se séparant de nous, ce n'est qu'un mal négatif ; au lieu que les Médecins se vengent en s'en emparant, ce qui devient très positif ;

Que, quand ces derniers nous tiennent, ils font de nous tout ce qu'ils veulent ; au lieu que les Belles, toutes Belles qu'elles sont, n'en font jamais que ce qu'elles peuvent ;

Que le commerce des Belles nous les rend bientôt moins nécessaires ; au lieu que l'usage des Médecins finit par nous les rendre indispensables ;

Enfin, que l'un de ces empires ne semble établi que pour assurer la durée de l'autre, puisque, plus la verte jeunesse est livrée à l'Amour, plus la pâle vieillesse appartient sûrement à la Médecine.

Au reste, ayant fait contre moi cause commune, il était juste, Madame et Monsieur, que je vous offrisse en commun mes justifications. Soyez donc persuadés que, faisant profession d'adorer les Belles et de redouter les Médecins, c'est toujours en badinant que je dis du mal de la Beauté ; comme ce n'est jamais sans trembler que je plaisante un peu la Faculté.

Ma déclaration n'est point suspecte à votre égard, Mesdames, et mes plus acharnés ennemis sont forcés d'avouer que, dans un instant d'humeur où mon dépit contre une Belle allait s'épancher trop librement sur toutes les autres, on m'a vu m'arrêter tout court au vingt-cinquième Couplet, et, par le plus prompt repentir, faire ainsi, dans le vingt-sixième, amende honorable aux Belles irritées :

Sexe charmant, si je décèle
Votre cœur en proie au désir,
Souvent à l'amour infidèle,
Mais toujours fidèle au plaisir ;
D'un badinage, ô mes Déesses !
Ne cherchez point à vous venger :
Tel glose, hélas ! sur vos faiblesses
Qui brûle de les partager.

Quant à vous, Monsieur le Docteur, on sait assez que Molière...

— Au désespoir, dit-il en se levant, de ne pouvoir profiter plus longtemps de vos lumières : mais l'humanité qui gémit ne doit pas souffrir de mes plaisirs. » Il me laissa, ma foi, la bouche ouverte avec ma phrase en l'air. « Je ne sais pas, dit la belle malade en riant, si je vous pardonne ; mais je vois bien que notre Docteur ne vous pardonne pas. — Le nôtre, Madame ? Il ne sera jamais le mien. —

Eh ! pourquoi ? — Je ne sais ; je craindrais qu'il ne fût au-dessous de son état, puisqu'il n'est pas au-dessus des plaisanteries qu'on en peut faire. »

Ce Docteur n'est pas de mes gens. L'homme assez consommé dans son art pour en avouer de bonne foi l'incertitude, assez spirituel pour rire avec moi de ceux qui le disent infaillible : tel est mon Médecin. En me rendant ses soins qu'ils appellent des visites, en me donnant ses conseils qu'ils nomment des ordonnances, il remplit dignement et sans faste la plus noble fonction d'une âme éclairée et sensible. Avec plus d'esprit, il calcule plus de rapports, et c'est tout ce qu'on peut dans un art aussi utile qu'incertain. Il me raisonne, il me console, il me guide, et la nature fait le reste. Aussi, loin de s'offenser de la plaisanterie, est-il le premier à l'opposer au pédantisme. A l'infatué qui lui dit gravement : « De quatre-vingts fluxions de poitrine que j'ai traitées cet Automne, un seul malade a péri dans mes mains », mon Docteur répond en souriant : « Pour moi, j'ai prêté mes secours à plus de cent cet hiver ; hélas ! je n'en ai pu sauver qu'un seul. » Tel est mon aimable Médecin. — Je le connais. — Vous permettez bien que je ne l'échange pas contre le vôtre. Un Pédant n'aura pas plus ma confiance en maladie qu'une Bégueule n'obtiendrait mon hommage en santé. Mais je ne suis qu'un sot. Au lieu de vous rappeler mon amende honorable au beau sexe, je devais lui chanter le Couplet de la Bégueule ; il est tout fait pour lui.

Pour égayer ma poésie,
Au hasard j'assemble des traits ;
J'en fais, peintre de fantaisie,
Des Tableaux, jamais des Portraits.
La Femme d'esprit, qui s'en moque,
Sourit finement à l'Auteur ;
Pour l'imprudente qui s'en choque,
Sa colère est son délateur.

— A propos de Chanson, dit la Dame, vous êtes bien honnête d'avoir été donner votre Pièce aux Français ! moi qui n'ai de petite Loge qu'aux Italiens ! Pourquoi n'en avoir pas fait un Opéra-Comique ? Ce fut, dit-on, votre première idée. La Pièce est d'un genre à comporter de la musique.

— Je ne sais si elle est propre à la supporter, ou si je m'étais trompé d'abord en le supposant ; mais, sans entrer dans les raisons qui m'ont fait changer d'avis, celle-ci, Madame, répond à tout :

Notre Musique Dramatique ressemble trop encore à notre Musique Chansonnière pour en attendre un véritable intérêt ou de la gaieté franche. Il faudra commencer à l'employer sérieusement au

Théâtre quand on sentira bien qu'on ne doit y chanter que pour parler ; quand nos Musiciens se rapprocheront de la nature, et surtout cesseront de s'imposer l'absurde loi de toujours revenir à la première partie d'un air après qu'ils en ont dit la seconde. Est-ce qu'il y a des Reprises et des Rondeaux dans un Drame ? Ce cruel radotage est la mort de l'intérêt et dénote un vide insupportable dans les idées.

Moi qui ai toujours chéri la Musique sans inconstance et même sans infidélité, souvent, aux Pièces qui m'attachent le plus, je me surprends à pousser de l'épaule, à dire tout bas avec humeur : Eh ! va donc, Musique ! pourquoi toujours répéter ? N'es-tu pas assez lente ? Au lieu de narrer vivement, tu rabâches ! au lieu de peindre la passion, tu t'accroches aux mots ! Le Poète se tue à serrer l'événement, et toi tu le délayes ! Que lui sert de rendre son style énergique et pressé, si tu l'ensevelis sous d'inutiles fredons ? Avec ta stérile abondance, reste, reste aux Chansons pour toute nourriture, jusqu'à ce que tu connaisses le langage sublime et tumultueux des passions.

En effet, si la déclamation est déjà un abus de la narration au Théâtre, le chant, qui est un abus de la déclamation, n'est donc, comme on voit, que l'abus de l'abus. Ajoutez-y la répétition des phrases, et voyez ce que devient l'intérêt. Pendant que le vice ici va toujours en croissant, l'intérêt marche à sens contraire ; l'action s'alanguit ; quelque chose me manque ; je deviens distrait ; l'ennui me gagne ; et si je cherche alors à deviner ce que je voudrais, il m'arrive souvent de trouver que je voudrais la fin du Spectacle.

Il est un autre art d'imitation, en général beaucoup moins avancé que la Musique, mais qui semble en ce point lui servir de leçon. Pour la variété seulement, la Danse élevée est déjà le modèle du chant.

Voyez le superbe Vestris ou le fier d'Auberval [23] engager un pas de caractère. Il ne danse pas encore ; mais, d'aussi loin qu'il paraît, son port libre et dégagé fait déjà lever la tête aux Spectateurs. Il inspire autant de fierté qu'il promet de plaisirs. Il est parti... Pendant que le Musicien redit vingt fois ses phrases et monotone [24] ses mouvements, le Danseur varie les siens à l'infini.

Le voyez-vous s'avancer légèrement à petits bonds, reculer à grands pas et faire oublier le comble de l'art par la plus ingénieuse négligence ? Tantôt sur un pied, gardant le plus savant équilibre, et suspendu sans mouvement pendant plusieurs mesures, il étonne, il surprend par l'immobilité de son aplomb... Et soudain, comme s'il regrettait le temps du repos, il part comme un trait, vole au fond du Théâtre, et revient, en pirouettant, avec une rapidité que l'œil peut suivre à peine.

L'air a beau recommencer, rigaudonner, se répéter, se radoter, il ne se répète point, lui ! tout en déployant les mâles beautés d'un corps souple et puissant, il peint les mouvements violents dont son âme est agitée ; il vous lance un regard passionné que ses bras mollement ouverts rendent plus expressif ; et, comme s'il se lassait bientôt de vous plaire, il se relève avec dédain, se dérobe à l'œil qui le suit, et la passion la plus fougueuse semble alors naître et sortir de la plus douce ivresse. Impétueux, turbulent, il exprime une colère si bouillante et si vraie qu'il m'arrache à mon siège et me fait froncer le sourcil. Mais, reprenant soudain le geste et l'accent d'une volupté paisible, il erre nonchalamment avec une grâce, une mollesse, et des mouvements si délicats, qu'il enlève autant de suffrages qu'il y a de regards attachés sur sa Danse enchanteresse.

Compositeurs, chantez comme il danse, et nous aurons, au lieu d'Opéras, des Mélodrames ! Mais j'entends mon éternel Censeur (je ne sais plus s'il est d'ailleurs ou de Bouillon), qui me dit : « Que prétend-on par ce tableau ? Je vois un talent supérieur, et non la Danse en général. C'est dans sa marche ordinaire qu'il faut saisir un art pour le comparer, et non dans ses efforts les plus sublimes. N'avons-nous pas... »

Je l'arrête à mon tour. Eh quoi ! si je veux peindre un coursier et me former une juste idée de ce noble animal, irai-je le chercher hongre et vieux, gémissant au timon du fiacre, ou trottinant sous le plâtrier qui siffle ? Je le prends au haras, fier Étalon, vigoureux, découplé, l'œil ardent, frappant la terre et soufflant le feu par les naseaux, bondissant de désirs et d'impatience, ou fendant l'air, qu'il électrise, et dont le brusque hennissement réjouit l'homme et fait tressaillir toutes les cavales de la contrée. Tel est mon Danseur.

Et quand je crayonne un art, c'est parmi les plus grands sujets qui l'exercent que j'entends choisir mes modèles ; tous les efforts du génie... Mais je m'éloigne trop de mon sujet ; revenons au *Barbier de Séville*... ou plutôt, Monsieur, n'y revenons pas. C'est assez pour une bagatelle. Insensiblement je tomberais dans le défaut reproché trop justement à nos Français, de toujours faire de petites chansons sur les grandes affaires, et de grandes dissertations sur les petites.

Je suis, avec le plus profond respect,

Monsieur,

Votre très humble et très obéissant serviteur.

L'Auteur.

Personnages

LE COMTE ALMAVIVA, grand d'Espagne, amant inconnu de Rosine.
BARTHOLO, médecin, tuteur de Rosine.
ROSINE, jeune personne d'extraction noble, et pupille de Bartholo.
FIGARO, barbier de Séville.
DON BAZILE, organiste, maître à chanter de Rosine.
LA JEUNESSE, vieux domestique de Bartholo.
L'ÉVEILLÉ, autre valet de Bartholo, garçon niais et endormi.
UN NOTAIRE.
UN ALCADE, homme de Justice.
PLUSIEURS ALGUAZILS ET VALETS avec des flambeaux.

Les habits des Acteurs doivent être dans l'ancien costume espagnol.

LE COMTE ALMAVIVA, Grand d'Espagne, Amant inconnu de Rosine, paraît au premier Acte en veste et culotte de satin ; il est enveloppé d'un grand manteau brun, ou cape espagnole ; chapeau noir rabattu, avec un ruban de couleur autour de la forme. Au deuxième Acte : habit uniforme de Cavalier avec des moustaches et des bottines. Au troisième, habillé en Bachelier ; cheveux ronds, grande fraise au cou ; veste, culotte, bas et manteau d'Abbé. Au quatrième Acte, il est vêtu superbement à l'Espagnole avec un riche manteau ; par-dessus tout, le large manteau brun dont il se tient enveloppé.

BARTHOLO, Médecin, Tuteur de Rosine : habit noir, court, boutonné ; grande perruque ; fraise et manchettes relevées ; une ceinture noire ; et quand il veut sortir de chez lui, un long manteau écarlate.

ROSINE, Jeune personne d'extraction noble, et Pupille de Bartholo : habillée à l'Espagnole.

FIGARO, Barbier de Séville : en habit de Majo[25] espagnol. La tête couverte d'une rescille, ou filet ; chapeau blanc, ruban de couleur, autour de la forme ; un fichu de soie, attaché fort lâche à son cou ; gilet et haut-de-chausse de satin, avec des boutons et boutonnières frangés d'argent ; une grande ceinture de soie ; les jarretières nouées avec des glands qui pendent sur chaque jambe ; veste de couleur tranchante, à grands revers de la couleur du gilet ; bas blancs et souliers gris.

DON BAZILE, Organiste, Maître à chanter de Rosine : chapeau noir rabattu, soutanelle et long manteau, sans fraise ni manchettes.

LA JEUNESSE, Vieux Domestique de Bartholo.

L'ÉVEILLÉ, autre Valet de Bartholo, garçon niais et endormi. Tous deux habillés en Galiciens ; tous les cheveux dans la queue ; gilet couleur de chamois ; large ceinture de peau avec une boucle ; culotte bleue et veste de même, dont les manches, ouvertes aux épaules pour le passage des bras, sont pendantes par derrière.

UN NOTAIRE.

UN ALCADE, Homme de Justice, avec une longue baguette blanche à la main.

PLUSIEURS ALGUAZILS[26] ET VALETS avec des flambeaux.

La Scène est à Séville, dans la rue et sous les fenêtres de Rosine, au premier Acte, et le reste de la Pièce dans la Maison du Docteur Bartholo.

ACTE PREMIER

Le théâtre représente une rue de Séville,
où toutes les croisées sont grillées.

SCÈNE PREMIÈRE

LE COMTE, *seul, en grand manteau brun et chapeau rabattu.*
Il tire sa montre en se promenant.

Le jour est moins avancé que je ne croyais. L'heure à laquelle elle a coutume de se montrer derrière sa jalousie est encore éloignée. N'importe ; il vaut mieux arriver trop tôt que de manquer l'instant de la voir. Si quelque aimable de la Cour pouvait me deviner à cent lieues de Madrid, arrêté tous les matins sous les fenêtres d'une femme à qui je n'ai jamais parlé, il me prendrait pour un Espagnol du temps d'Isabelle[27]. — Pourquoi non ? Chacun court après le bonheur. Il est pour moi dans le cœur de Rosine. — Mais quoi ! suivre une femme à Séville, quand Madrid et la Cour offrent de toutes parts des plaisirs si faciles ? — Et c'est cela même que je fuis. Je suis las des conquêtes que l'intérêt, la convenance ou la vanité nous présentent sans cesse. Il est si doux d'être aimé pour soi-même ; et si je pouvais m'assurer sous ce déguisement... Au diable l'importun !

SCÈNE II

FIGARO, LE COMTE, *caché.*

FIGARO, *une guitare sur le dos attachée en bandoulière avec un large ruban : il chantonne gaiement, un papier et un crayon à la main :*

Bannissons le chagrin,
Il nous consume :
Sans le feu du bon vin,
Qui nous rallume,
Réduit à languir,
L'homme, sans plaisir,
Vivrait somme un sot,
Et mourrait bientôt.

Jusque-là ceci ne va pas mal, hein, hein !

... Et mourrait bientôt.
Le vin et la paresse
Se disputent mon cœur...

Eh non ! ils ne se le disputent pas, ils y regnent paisiblement ensemble...

Se partagent... mon cœur.

Dit-on se partagent ?... Eh ! mon Dieu, nos faiseurs d'opéras-comiques n'y regardent pas de si près. Aujourd'hui, ce qui ne vaut pas la peine d'être dit, on le chante. *(Il chante.)*

Le vin et la paresse
Se partagent mon cœur.

Je voudrais finir par quelque chose de beau, de brillant, de scintillant, qui eût l'air d'une pensée. *(Il met un genou en terre et écrit en chantant.)*

Se partagent mon cœur.
Si l'une a ma tendresse...
L'autre fait mon bonheur.

Fi donc ! c'est plat. Ce n'est pas ça... Il me faut une opposition, une antithèse :

Si l'une... est ma maîtresse,
L'autre...

Eh ! parbleu, j'y suis !...

L'autre est mon serviteur.

Fort bien, Figaro !... *(Il écrit en chantant.)*

Le vin et la paresse
Se partagent mon cœur ;
Si l'une est ma maîtresse,
L'autre est mon serviteur,
L'autre est mon serviteur,
L'autre est mon serviteur.

Hein, hein, quand il y aura des accompagnements là-dessous, nous verrons encore, Messieurs de la cabale, si je ne sais ce que je dis. *(Il aperçoit le Comte.)* J'ai vu cet Abbé-là quelque part. *(Il se relève.)*

LE COMTE, *à part.*

Cet homme ne m'est pas inconnu.

FIGARO

Eh non, ce n'est pas un Abbé ! Cet air altier et noble...

LE COMTE

Cette tournure grotesque...

FIGARO

Je ne me trompe point ; c'est le Comte Almaviva.

LE COMTE

Je crois que c'est ce coquin de Figaro.

FIGARO

C'est lui-même, Monseigneur.

LE COMTE

Maraud ! si tu dis un mot...

FIGARO

Oui, je vous reconnais ; voilà les bontés familières dont vous m'avez toujours honoré.

LE COMTE

Je ne te reconnaissais pas, moi. Te voilà si gros et si gras...

FIGARO

Que voulez-vous, Monseigneur, c'est la misère.

LE COMTE

Pauvre petit ! Mais que fais-tu à Séville ? Je t'avais autrefois recommandé dans les Bureaux pour un emploi.

FIGARO

Je l'ai obtenu, Monseigneur, et ma reconnaissance...

LE COMTE

Appelle-moi Lindor. Ne vois-tu pas, à mon déguisement, que je veux être inconnu ?

FIGARO

Je me retire.

LE COMTE

Au contraire. J'attends ici quelque chose ; et deux hommes qui jasent sont moins suspects qu'un seul qui se promène. Ayons l'air de jaser. Eh bien, cet emploi ?

FIGARO

Le Ministre, ayant égard à la recommandation de Votre Excellence, me fit nommer sur-le-champ Garçon Apothicaire.

LE COMTE

Dans les hôpitaux de l'Armée ?

FIGARO

Non ; dans les haras d'Andalousie.

LE COMTE, *riant.*

Beau début !

FIGARO

Le poste n'était pas mauvais ; parce qu'ayant le district des pansements et des drogues, je vendais souvent aux hommes de bonnes médecines de cheval…

LE COMTE

Qui tuaient les sujets du Roi !

FIGARO

Ah ! ah ! il n'y a point de remède universel ; mais qui n'ont pas laissé de guérir quelquefois des Galiciens, des Catalans, des Auvergnats.

LE COMTE

Pourquoi donc l'as-tu quitté ?

FIGARO

Quitté ? C'est bien lui-même ; on m'a desservi auprès des Puissances.

L'envie aux doigts crochus, au teint pâle et livide[28]...

LE COMTE

Oh grâce ! grâce, ami ! Est-ce que tu fais aussi des vers ? Je t'ai vu là griffonnant sur ton genou, et chantant dès le matin.

FIGARO

Voilà précisément la cause de mon malheur, Excellence. Quand on a rapporté au Ministre que je faisais, je puis dire assez joliment, des bouquets à Chloris, que j'envoyais des énigmes aux Journaux, qu'il courait des Madrigaux de ma façon ; en un mot, quand il a su que j'étais imprimé tout vif, il a pris la chose au tragique, et m'a fait ôter mon emploi, sous prétexte que l'amour des Lettres est incompatible avec l'esprit des affaires.

LE COMTE

Puissamment raisonné ! et tu ne lui fis pas représenter...

FIGARO

Je me crus trop heureux d'en être oublié ; persuadé

qu'un Grand nous fait assez de bien quand il ne nous fait pas de mal.

LE COMTE

Tu ne dis pas tout. Je me souviens qu'à mon service tu étais un assez mauvais sujet.

FIGARO

Eh ! mon Dieu, Monseigneur, c'est qu'on veut que le pauvre soit sans défaut.

LE COMTE

Paresseux, dérangé…

FIGARO

Aux vertus qu'on exige dans un Domestique, Votre Excellence connaît-elle beaucoup de Maîtres qui fussent dignes d'être Valets ?

LE COMTE, *riant.*

Pas mal. Et tu t'es retiré en cette Ville ?

FIGARO

Non pas tout de suite.

LE COMTE, *l'arrêtant.*

Un moment… J'ai cru que c'était elle… Dis toujours, je t'entends de reste.

FIGARO

De retour à Madrid, je voulus essayer de nouveau mes talents littéraires, et le théâtre me parut un champ d'honneur…

LE COMTE

Ah ! miséricorde !

FIGARO *(Pendant sa réplique, le Comte regarde avec attention du côté de la jalousie.)*

En vérité, je ne sais comment je n'eus pas le plus grand succès, car j'avais rempli le parterre des plus excellents Travailleurs ; des mains... comme des battoirs ; j'avais interdit les gants, les cannes, tout ce qui ne produit que des applaudissements sourds ; et d'honneur, avant la Pièce, le Café m'avait paru dans les meilleures dispositions pour moi. Mais les efforts de la cabale...

LE COMTE

Ah ! la cabale ! Monsieur l'Auteur tombé !

FIGARO

Tout comme un autre : pourquoi pas ? Ils m'ont sifflé ; mais si jamais je puis les rassembler...

LE COMTE

L'ennui te vengera bien d'eux ?

FIGARO

Ah ! comme je leur en garde, morbleu !

LE COMTE

Tu jures ! Sais-tu qu'on n'a que vingt-quatre heures au Palais pour maudire ses Juges [29] ?

FIGARO

On a vingt-quatre ans au théâtre ; la vie est trop courte pour user un pareil ressentiment.

LE COMTE

Ta joyeuse colère me réjouit. Mais tu ne me dis pas ce qui t'a fait quitter Madrid.

FIGARO

C'est mon bon ange, Excellence, puisque je suis assez heureux pour retrouver mon ancien Maître. Voyant à Madrid que la république des Lettres était celle des loups, toujours armés les uns contre les autres, et que, livrés au mépris où ce risible acharnement les conduit, tous les Insectes, les Moustiques, les Cousins, les Critiques, les Maringouins [30], les Envieux, les Feuillistes, les Libraires, les Censeurs, et tout ce qui s'attache à la peau des malheureux Gens de Lettres, achevait de déchiqueter et sucer le peu de substance qui leur restait ; fatigué d'écrire, ennuyé de moi, dégoûté des autres, abîmé de dettes et léger d'argent ; à la fin, convaincu que l'utile revenu du rasoir est préférable aux vains honneurs de la plume, j'ai quitté Madrid, et, mon bagage en sautoir, parcourant philosophiquement les deux Castilles, la Manche, l'Estramadure, la Sierra-Morena, l'Andalousie ; accueilli dans une ville, emprisonné dans l'autre, et partout supérieur aux événements ; loué par ceux-ci, blâmé par ceux-là [31] ; aidant au bon temps, supportant le mauvais ; me moquant des sots, bravant les méchants ; riant de ma misère et faisant la barbe à tout le monde ; vous me voyez enfin établi dans Séville et prêt à servir de nouveau Votre Excellence en tout ce qu'il lui plaira de m'ordonner.

LE COMTE

Qui t'a donné une philosophie aussi gaie ?

FIGARO

L'habitude du malheur. Je me presse de rire de tout, de peur d'être obligé d'en pleurer. Que regardez-vous donc toujours de ce côté ?

LE COMTE

Sauvons-nous.

FIGARO

Pourquoi ?

LE COMTE

Viens donc, malheureux ! tu me perds. *(Ils se cachent.)*

SCÈNE III

BARTHOLO, ROSINE. *La jalousie du premier étage s'ouvre, et Bartholo et Rosine se mettent à la fenêtre.*

ROSINE

Comme le grand air fait plaisir à respirer ! Cette jalousie s'ouvre si rarement…

BARTHOLO

Quel papier tenez-vous là ?

ROSINE

Ce sont des couplets de la *Précaution inutile* que mon Maître à chanter m'a donnés hier.

BARTHOLO

Qu'est-ce que la *Précaution inutile ?*

ROSINE

C'est une Comédie nouvelle.

BARTHOLO

Quelque Drame encore ! Quelque sottise d'un nouveau genre [32] !

ROSINE

Je n'en sais rien.

BARTHOLO

Euh ! euh ! les Journaux et l'Autorité nous en feront raison. Siècle barbare !...

ROSINE

Vous injuriez toujours notre pauvre siècle.

BARTHOLO

Pardon de la liberté : qu'a-t-il produit pour qu'on le loue ? Sottises de toute espèce : la liberté de penser, l'attraction, l'électricité, le tolérantisme, l'inoculation, le quinquina, l'Encyclopédie et les drames...

ROSINE *(Le papier lui échappe et tombe dans la rue.)*

Ah ! ma chanson ! ma chanson est tombée en vous écoutant ; courez, courez donc, Monsieur ; ma chanson ! elle sera perdue.

BARTHOLO

Que diable aussi, l'on tient ce qu'on tient. *(Il quitte le balcon.)*

ROSINE *regarde en dedans et fait signe dans la rue.*

S't, s't, *(le Comte paraît)* ramassez vite et sauvez-vous. *(Le Comte ne fait qu'un saut, ramasse la papier et rentre.)*

BARTHOLO *sort de la maison et cherche.*

Où donc est-il ? Je ne vois rien.

ROSINE

Sous le balcon, au pied du mur.

BARTHOLO

Vous me donnez là une jolie commission ! Il est donc passé quelqu'un ?

ROSINE

Je n'ai vu personne.

BARTHOLO, *à lui-même.*

Et moi qui ai la bonté de chercher... Bartholo, vous n'êtes qu'un sot, mon ami : ceci doit vous apprendre à ne jamais ouvrir de jalousies sur la rue. *(Il rentre.)*

ROSINE, *toujours au balcon.*

Mon excuse est dans mon malheur : seule, enfermée, en butte à la persécution d'un homme odieux, est-ce un crime de tenter à sortir d'esclavage ?

BARTHOLO, *paraissant au balcon.*

Rentrez, Signora ; c'est ma faute si vous avez perdu votre chanson, mais ce malheur ne vous arrivera plus, je vous jure. *(Il ferme la jalousie à la clef.)*

SCÈNE IV

LE COMTE, FIGARO. *Ils entrent avec précaution.*

LE COMTE

A présent qu'ils sont retirés, examinons cette chanson, dans laquelle un mystère est sûrement renfermé. C'est un billet !

FIGARO

Il demandait ce que c'est que la *Précaution inutile !*

LE COMTE lit vivement.

« Votre empressement excite ma curiosité ; sitôt que mon Tuteur sera sorti, chantez indifféremment, sur l'air connu de ces couplets, quelque chose qui m'aprenne enfin le nom, l'état et les intentions de celui qui paraît s'attacher si obstinément à l'infortunée Rosine. »

FIGARO, *contrefaisant la voix de Rosine.*

Ma chanson ! ma chanson est tombée ; courez, courez donc, *(il rit)* ah ! ah ! ah ! ah ! O ces femmes ! voulez-vous donner de l'adresse à la plus ingénue ? enfermez-la.

LE COMTE

Ma chère Rosine !

FIGARO

Monseigneur, je ne suis plus en peine des motifs de votre mascarade ; vous faites ici l'amour en perspective.

LE COMTE

Te voilà instruit, mais si tu jases...

FIGARO

Moi jaser ! je n'emploierai point pour vous rassurer les grandes phrases d'honneur et de dévouement dont on abuse à la journée, je n'ai qu'un mot : mon intérêt vous répond de moi ; pesez tout à cette balance, etc...

LE COMTE

Fort bien. Apprends donc que le hasard m'a fait rencontrer au Prado, il y a six mois, une jeune personne d'une beauté... Tu viens de la voir ! je l'ai fait chercher en vain par tout Madrid. Ce n'est que depuis peu de jours que j'ai découvert qu'elle s'appelle Rosine, est d'un sang noble, orpheline et mariée à un vieux Médecin de cette ville nommé Bartholo.

FIGARO

Joli oiseau, ma foi ! difficile à dénicher ! Mais qui vous a dit qu'elle était femme du Docteur ?

LE COMTE

Tout le monde.

FIGARO

C'est une histoire qu'il a forgée en arrivant de Madrid, pour donner le change aux galants et les écarter ; elle n'est encore que sa pupille, mais bientôt...

LE COMTE, *vivement.*

Jamais. Ah, quelle nouvelle ! j'étais résolu de tout poser pour lui présenter mes regrets, et je la trouve libre ! Il n'y a pas un moment à perdre, il faut m'en faire aimer, et l'arracher à l'indigne engagement qu'on lui destine. Tu connais donc ce Tuteur ?

FIGARO

Comme ma mère.

LE COMTE

Quel homme est-ce ?

FIGARO, *vivement.*

C'est un beau gros, court, jeune vieillard, gris pommelé, rusé, rasé, blasé, qui guette et furète et gronde et geint tout à la fois[33].

LE COMTE, *impatienté.*

Eh ! je l'ai vu. Son caractère ?

FIGARO

Brutal, avare, amoureux et jaloux à l'excès de sa pupille, qui le hait à la mort.

LE COMTE

Ainsi, ses moyens de plaire sont...

FIGARO

Nuls.

LE COMTE

Tant mieux. Sa probité ?

FIGARO

Tout juste autant qu'il en faut pour n'être point pendu.

LE COMTE

Tant mieux. Punir un fripon en se rendant heureux...

FIGARO

C'est faire à la fois le bien public et particulier : chef d'œuvre de morale, en vérité, Monseigneur !

LE COMTE

Tu dis que la crainte des galants lui fait fermer sa porte ?

FIGARO

A tout le monde : s'il pouvait la calfeutrer...

LE COMTE

Ah ! diable ! tant pis. Aurais-tu de l'accès chez lui ?

FIGARO

Si j'en ai ! *Primo,* la maison que j'occupe appartient au Docteur, qui m'y loge *gratis.*

LE COMTE

Ah ! ah !

FIGARO

Oui. Et moi, en reconnaissance, je lui promets dix pistoles par an, *gratis* aussi.

LE COMTE, *impatienté.*

Tu es son locataire ?

FIGARO

De plus, son Barbier, son Chirurgien, son Apothicaire ; il ne se donne pas dans la maison un coup de rasoir, de lancette ou de piston, qui ne soit de la main de votre serviteur.

LE COMTE *l'embrasse.*

Ah ! Figaro, mon ami, tu seras mon ange, mon libérateur, mon Dieu tutélaire.

FIGARO

Peste ! comme l'utilité vous a bientôt rapproché les distances ! parlez-moi des gens passionnés.

LE COMTE

Heureux Figaro ! tu vas voir ma Rosine ! tu vas la voir ! Conçois-tu ton bonheur ?

FIGARO

C'est bien là un propos d'Amant ! Est-ce que je l'adore, moi ? Puissiez-vous prendre ma place !

LE COMTE

Ah ! si l'on pouvait écarter tous les surveillants !...

FIGARO

C'est à quoi je rêvais.

LE COMTE

Pour douze heures seulement !

FIGARO

En occupant les gens de leur propre intérêt, on les empêche de nuire à l'intérêt d'autrui.

LE COMTE

Sans doute. Eh bien ?

FIGARO, *rêvant.*

Je cherche dans ma tête si la Pharmacie ne fournirait pas quelques petits moyens innocents...

LE COMTE

Scélérat !

FIGARO

Est-ce que je veux leur nuire ? Ils ont tous besoin de mon ministère. Il ne s'agit que de les traiter ensemble.

LE COMTE

Mais ce Médecin peut prendre un soupçon.

FIGARO

Il faut marcher si vite, que le soupçon n'ait pas le temps de naître. Il me vient une idée. Le Régiment de Royal-Infant arrive en cette Ville.

LE COMTE

Le Colonel est de mes amis.

FIGARO

Bon. Présentez-vous chez le Docteur en habit de Cavalier, avec un billet de logement ; il faudra bien qu'il vous héberge ; et moi, je me charge du reste.

LE COMTE

Excellent !

FIGARO

Il ne serait même pas mal que vous eussiez l'air entre deux vins...

LE COMTE

A quoi bon ?

FIGARO

Et le mener un peu lestement sous cette apparence déraisonnable.

LE COMTE

A quoi bon ?

FIGARO

Pour qu'il ne prenne aucun ombrage, et vous croie plus pressé de dormir que d'intriguer chez lui.

LE COMTE

Supérieurement vu ! Mais que n'y vas-tu, toi ?

FIGARO

Ah ! oui, moi ! Nous serons bien heureux s'il ne vous reconnaît pas, vous qu'il n'a jamais vu. Et comment vous introduire après ?

LE COMTE

Tu as raison.

FIGARO

C'est que vous ne pourrez peut-être pas soutenir ce personnage difficile. Cavalier… pris de vin…

LE COMTE

Tu te moques de moi. *(Prenant un ton ivre.)* N'est-ce point la maison du Docteur Bartholo, mon ami ?

FIGARO

Pas mal, en vérité ; vos jambes seulement un peu plus avinées. *(D'un ton plus ivre.)* N'est-ce pas ici la maison…

LE COMTE

Fi donc ! tu as l'ivresse du peuple.

FIGARO

C'est la bonne ; c'est celle du plaisir.

LE COMTE

La porte s'ouvre.

FIGARO

C'est notre homme : éloignons-nous jusqu'à ce qu'il soit parti.

SCÈNE V

LE COMTE ET FIGARO *cachés.*
BARTHOLO *sort en parlant de la maison.*

BARTHOLO

Je reviens à l'instant ; qu'on ne laisse entrer personne. Quelle sottise à moi d'être descendu ! Dès qu'elle m'en priait, je devais bien me douter... Et Bazile qui ne vient pas ! Il devait tout arranger pour que mon mariage se fît secrètement demain ; et point de nouvelles ! Allons voir ce qui peut l'arrêter.

SCÈNE VI

LE COMTE, FIGARO

LE COMTE

Qu'ai-je entendu ? Demain il épouse Rosine en secret !

FIGARO

Monseigneur, la difficulté de réussir ne fait qu'ajouter à la nécessité d'entreprendre.

LE COMTE

Quel est donc ce Bazile qui se mêle de son mariage ?

FIGARO

Un pauvre hère qui montre la musique à sa pupille, infatué de son art, friponneau besogneux, à genoux devant un écu, et dont il sera facile de venir à bout, Monseigneur… *(Regardant à la jalousie.)* La v'là ! la v'là !

LE COMTE

Qui donc ?

FIGARO

Derrière sa jalousie. La voilà ! la voilà ! Ne regardez pas, ne regardez pas !

LE COMTE

Pourquoi ?

FIGARO

Ne vous écrit-elle pas : *Chantez indifféremment ?* c'est-à-dire, chantez comme si vous chantiez… seulement pour chanter. Oh ! la v'là ! la v'là !

LE COMTE

Puisque j'ai commencé à l'intéresser sans être connu d'elle, ne quittons point le nom de Lindor que j'ai pris, mon triomphe en aura plus de charmes. *(Il déploie le papier que Rosine a jeté.)* Mais comment chanter sur cette musique ? Je ne sais pas faire de vers, moi !

FIGARO

Tout ce qui vous viendra, Monseigneur, est excellent ; en amour, le cœur n'est pas difficile sur les productions de l'esprit… et prenez ma guitare.

LE COMTE

Que veux-tu que j'en fasse ? j'en joue si mal !

FIGARO

Est-ce qu'un homme comme vous ignore quelque chose ? Avec le dos de la main : from, from, from... Chanter sans guitare à Séville ! vous seriez bientôt reconnu, ma foi, bientôt dépisté ! *(Figaro se colle au mur sous le balcon.)*

LE COMTE *chante en se promenant et s'accompagnant sur sa guitare.*

PREMIER COUPLET

Vous l'ordonnez, je me ferai connaître.
Plus inconnu, j'osais vous adorer :
En me nommant, que pourrais-je espérer ?
N'importe, il faut obéir à son Maître.

FIGARO, *bas.*

Fort bien, parbleu ! Courage, Monseigneur !

LE COMTE

DEUXIÈME COUPLET

Je suis Lindor, ma naissance est commune,
Mes vœux sont ceux d'un simple Bachelier ;
Que n'ai-je, hélas ! d'un brillant Chevalier
A vous offrir le rang et la fortune !

FIGARO

Eh comment diable ! Je ne ferais pas mieux, moi qui m'en pique.

LE COMTE

TROISIÈME COUPLET

Tous les matins, ici, d'une voix tendre,
Je chanterai mon amour sans espoir ;
Je bornerai mes plaisirs à vous voir ;
Et puissiez-vous en trouver à m'entendre !

FIGARO

Oh ! ma foi, pour celui-ci !... *(Il s'approche, et baise le bas de l'habit de son Maître.)*

LE COMTE

Figaro ?

FIGARO

Excellence ?

LE COMTE

Crois-tu que l'on m'ait entendu ?

ROSINE, *en dedans, chante :*

AIR DU *Maître en Droit*[34].

Tout me dit que Lindor est charmant,
Que je dois l'aimer constamment...

(On entend une croisée qui se ferme avec bruit.)

FIGARO

Croyez-vous qu'on vous ait entendu cette fois ?

LE COMTE

Elle a fermé sa fenêtre ; quelqu'un apparemment est entré chez elle.

FIGARO

Ah ! la pauvre petite, comme elle tremble en chantant ! Elle est prise, Monseigneur.

LE COMTE

Elle se sert du moyen qu'elle-même a indiqué. *Tout me dit que Lindor est charmant.* Que de grâces ! que d'esprit !

FIGARO

Que de ruse ! que d'amour !

LE COMTE

Crois-tu qu'elle se donne à moi, Figaro ?

FIGARO

Elle passera plutôt à travers cette jalousie que d'y manquer.

LE COMTE

C'en est fait, je suis à ma Rosine... pour la vie.

FIGARO

Vous oubliez, Monseigneur, qu'elle ne vous entend plus.

LE COMTE

Monsieur Figaro, je n'ai qu'un mot à vous dire : elle sera ma femme ; et si vous servez bien mon projet en lui cachant mon nom... tu m'entends, tu me connais...

FIGARO

Je me rends. Allons, Figaro, vole à la fortune, mon fils.

LE COMTE

Retirons-nous, crainte de nous rendre suspects.

FIGARO, *vivement.*

Moi, j'entre ici, où, par la force de mon Art, je vais d'un seul coup de baguette endormir la vigilance, éveiller l'amour, égarer la jalousie, fourvoyer l'intrigue et renverser tous les obstacles. Vous, Monseigneur, chez moi, l'habit de Soldat, le billet de logement et de l'or dans vos poches.

LE COMTE

Pour qui de l'or ?

FIGARO, *vivement.*

De l'or, mon Dieu ! de l'or, c'est le nerf de l'intrigue.

LE COMTE

Ne te fâche pas, Figaro, j'en prendrai beaucoup.

FIGARO, *s'en allant.*

Je vous rejoins dans peu.

LE COMTE

Figaro ?

FIGARO

Qu'est-ce que c'est ?

LE COMTE

Et ta guitare ?

FIGARO *revient.*

J'oublie ma guitare, moi ! je suis donc fou ! *(Il s'en va.)*

LE COMTE

Et ta demeure, étourdi ?

FIGARO *revient.*

Ah ! réellement je suis frappé ! Ma Boutique à quatre pas d'ici, peinte en bleu, vitrage en plomb, trois palettes en l'air, l'œil dans la main : *Consilio manuque,* FIGARO[35]. *(Il s'enfuit.)*

ACTE II

Le Théâtre représente l'appartement de Rosine.
La croisée dans le fond du Théâtre
est fermée par une jalousie grillée.

SCÈNE PREMIÈRE

ROSINE, *seule, un bougeoir à la main.*
Elle prend du papier sur la table et se met à écrire.

Marceline est malade, tous les gens sont occupés, et personne ne me voit écrire. Je ne sais si ces murs ont des yeux et des oreilles, ou si mon Argus a un génie malfaisant qui l'instruit à point nommé, mais je ne puis dire un mot ni faire un pas dont il ne devine sur-le-champ l'intention... Ah ! Lindor !... *(Elle cachette la lettre.)* Fermons toujours ma lettre, quoique j'ignore quand et comment je pourrai la lui faire tenir. Je l'ai vu, à travers ma jalousie, parler longtemps au Barbier Figaro. C'est un bon homme qui m'a montré quelquefois de la pitié ; si je pouvais l'entretenir un moment !

SCÈNE II

ROSINE, FIGARO

ROSINE, *surprise.*

Ah ! Monsieur Figaro, que je suis aise de vous voir !

FIGARO

Votre santé, Madame ?

ROSINE

Pas trop bonne, Monsieur Figaro. L'ennui me tue.

FIGARO

Je le crois ; il n'engraisse que les sots.

ROSINE

Avec qui parliez-vous donc là-bas si vivement ? Je n'entendais pas, mais...

FIGARO

Avec un jeune Bachelier de mes parents, de la plus grande espérance, plein d'esprit, de sentiments, de talents, et d'une figure fort revenante.

ROSINE

Oh ! tout à fait bien, je vous assure ! Il se nomme ?...

FIGARO

Lindor. Il n'a rien. Mais, s'il n'eût pas quitté brusquement Madrid, il pouvait y trouver quelque bonne place.

ROSINE

Il en trouvera, Monsieur Figaro, il en trouvera. Un jeune homme tel que vous le dépeignez n'est pas fait pour rester inconnu.

FIGARO, *à part.*

Fort bien. *(Haut.)* Mais il a un grand défaut, qui nuira toujours à son avancement.

ROSINE

Un défaut, Monsieur Figaro ! Un défaut ! en êtes-vous bien sûr ?

FIGARO

Il est amoureux.

ROSINE

Il est amoureux ! et vous appelez cela un défaut ?

FIGARO

A la vérité, ce n'en est un que relativement à sa mauvaise fortune.

ROSINE

Ah ! que le sort est injuste ! Et nomme-t-il la personne qu'il aime ? Je suis d'une curiosité...

FIGARO

Vous êtes la dernière, Madame, à qui je voudrais faire une confidence de cette nature.

ROSINE, *vivement.*

Pourquoi, Monsieur Figaro ? Je suis discrète ; ce jeune homme vous appartient, il m'intéresse infiniment... Dites donc...

FIGARO, *la regardant finement.*

Figurez-vous la plus jolie petite mignonne, douce, tendre, accorte et fraîche, agaçant l'appétit, pied furtif, taille adroite, élancée, bras dodus, bouche rosée, et des mains ! des joues, des dents ! des yeux !...

ROSINE

Qui reste en cette Ville ?

FIGARO

En ce quartier.

ROSINE

Dans cette rue peut-être ?

FIGARO

A deux pas de moi.

ROSINE

Ah ! que c'est charmant... pour Monsieur votre parent. Et cette personne est ?...

FIGARO

Je ne l'ai pas nommée ?

ROSINE, *vivement.*

C'est la seule chose que vous ayez oubliée, Monsieur Figaro. Dites donc, dites donc vite ; si l'on rentrait, je ne pourrais plus savoir...

FIGARO

Vous le voulez absolument, Madame ? Eh bien ! cette personne est... la Pupille de votre Tuteur.

ROSINE

La Pupille ?...

FIGARO

Du Docteur Bartholo, oui, Madame.

ROSINE, *avec émotion.*

Ah ! Monsieur Figaro... je ne vous crois pas, je vous assure.

FIGARO

Et c'est ce qu'il brûle de venir vous persuader lui-même.

ROSINE

Vous me faites trembler, Monsieur Figaro.

FIGARO

Fi donc, trembler ! mauvais calcul, Madame ; quand on cède à la peur du mal, on ressent déjà le mal de la peur. D'ailleurs, je viens de vous débarrasser de tous vos surveillants, jusqu'à demain.

ROSINE

S'il m'aime, il doit me le prouver en restant absolument tranquille.

FIGARO

Eh ! Madame, amour et repos peuvent-ils habiter en même cœur ? La pauvre jeunesse est si malheureuse aujourd'hui, qu'elle n'a que ce terrible choix : amour sans repos, ou repos sans amour.

ROSINE, *baissant les yeux.*

Repos sans amour... paraît...

FIGARO

Ah ! bien languissant. Il semble, en effet, qu'amour sans repos se présente de meilleure grâce ; et pour moi, si j'étais femme...

ROSINE, *avec embarras.*

Il est certain qu'une jeune personne ne peut empêcher un honnête homme de l'estimer.

FIGARO

Aussi mon parent vous estime-t-il infiniment.

ROSINE

Mais s'il allait faire quelque imprudence, Monsieur Figaro, il nous perdrait.

FIGARO, *à part.*

Il nous perdrait ! *(Haut.)* Si vous le lui défendiez expressément par une petite lettre... Une lettre a bien du pouvoir.

ROSINE *lui donne la lettre qu'elle vient d'écrire.*

Je n'ai pas le temps de recommencer celle-ci, mais en la lui donnant, dites-lui... dites-lui bien... *(Elle écoute.)*

FIGARO

Personne, Madame.

ROSINE

Que c'est par pure amitié tout ce que je fais.

FIGARO

Cela parle de soi. Tudieu ! l'Amour a bien une autre allure !

ROSINE

Que par pure amitié, entendez-vous. Je crains seulement que, rebuté par les difficultés...

FIGARO

Oui, quelque feu follet. Souvenez-vous, Madame, que le vent qui éteint une lumière allume un brasier, et que nous sommes ce brasier-là. D'en parler seulement, il exhale un tel feu qu'il m'a presque enfiévré [36] de sa passion, moi qui n'y ai que voir.

ROSINE

Dieux ! J'entends mon Tuteur. S'il vous trouvait ici... Passez par le cabinet du clavecin, et descendez le plus doucement que vous pourrez.

FIGARO

Soyez tranquille. *(A part.)* Voici qui vaut mieux que mes observations. *(Il entre dans le cabinet.)*

SCÈNE III

ROSINE, *seule.*

Je meurs d'inquiétude jusqu'à ce qu'il soit dehors... Que je l'aime, ce bon Figaro ! C'est un bien honnête homme, un bon parent ! Ah ! voilà mon tyran ; reprenons mon ouvrage. *(Elle souffle la bougie, s'assied, et prend une broderie au tambour.)*

SCÈNE IV

BARTHOLO, ROSINE

BARTHOLO, *en colère.*

Ah ! malédiction ! l'enragé, le scélérat corsaire de Figaro ! Là, peut-on sortir un moment de chez soi sans être sûr en rentrant...

ROSINE

Qui vous met donc si fort en colère, Monsieur ?

BARTHOLO

Ce damné Barbier qui vient d'écloper toute ma maison, en un tour de main. Il donne un narcotique à L'Éveillé, un sternutatoire à La Jeunesse ; il saigne au pied Marceline ; il n'y a pas jusqu'à ma mule... sur les yeux d'une pauvre bête aveugle, un cataplasme ! Parce qu'il me doit cent écus, il se presse de faire des mémoires. Ah ! qu'il les apporte ! Et personne à l'antichambre ! On arrive à cet appartement comme à la place d'armes.

ROSINE

Et qui peut y pénétrer que vous, Monsieur ?

BARTHOLO

J'aime mieux craindre sans sujet que de m'exposer sans précaution ; tout est plein de gens entreprenants, d'audacieux... N'a-t-on pas ce matin encore ramassé lestement votre chanson pendant que j'allais la chercher ? Oh ! Je...

ROSINE

C'est bien mettre à plaisir de l'importance à tout ! Le vent peut avoir éloigné ce papier, le premier venu, que sais-je ?

BARTHOLO

Le vent, le premier venu !... Il n'y a point de vent, Madame, point de premier venu dans le monde ; et c'est toujours quelqu'un posté là exprès qui ramasse les papiers qu'une femme a l'air de laisser tomber par mégarde.

ROSINE

A l'air, Monsieur ?

BARTHOLO

Oui, Madame, a l'air.

ROSINE, *à part.*

Oh ! le méchant vieillard !

BARTHOLO

Mais tout cela n'arrivera plus, car je vais faire sceller cette grille.

ROSINE

Faites mieux, murez mes fenêtres tout d'un coup. D'une prison à un cachot, la différence est si peu de chose !

BARTHOLO

Pour celles qui donnent sur la rue, ce ne serait peut-être pas si mal... Ce Barbier n'est pas entré chez vous, au moins !

ROSINE

Vous donne-t-il aussi de l'inquiétude ?

BARTHOLO

Tout comme un autre.

ROSINE

Que vos répliques sont honnêtes !

BARTHOLO

Ah ! fiez-vous à tout le monde, et vous aurez bientôt à la maison une bonne femme pour vous tromper, de bons amis pour vous la souffler et de bons valets pour les y aider.

ROSINE

Quoi ! vous n'accordez pas même qu'on ait des principes contre la séduction de Monsieur Figaro ?

BARTHOLO

Qui diable entend quelque chose à la bizarrerie des femmes, et combien j'en ai vu de ces vertus à principes…

ROSINE, *en colère.*

Mais, Monsieur, s'il suffit d'être homme pour nous plaire, pourquoi donc me déplaisez-vous si fort ?

BARTHOLO, *stupéfait.*

Pourquoi ?… Pourquoi ?… Vous ne répondez pas à ma question sur ce Barbier.

ROSINE, *outrée.*

Eh bien oui, cet homme est entré chez moi, je l'ai vu, je lui ai parlé. Je ne vous cache pas même que je l'ai trouvé fort aimable ; et puissiez-vous en mourir de dépit ! *(Elle sort.)*

SCÈNE V

BARTHOLO, *seul.*

Oh ! les juifs ! les chiens de valets ! La Jeunesse ? L'Éveillé ? L'Éveillé maudit !

SCÈNE VI

BARTHOLO, L'ÉVEILLÉ

L'ÉVEILLÉ *arrive en bâillant, tout endormi.*

Aah, aah, ah, ah...

BARTHOLO

Où étais-tu, peste d'étourdi, quand ce Barbier est entré ici ?

L'ÉVEILLÉ

Monsieur, j'étais... ah, aah, ah...

BARTHOLO

A machiner quelque espièglerie sans doute ? Et tu ne l'as pas vu ?

L'ÉVEILLÉ

Sûrement je l'ai vu, puisqu'il m'a trouvé tout malade, à ce qu'il dit ; et faut bien que ça soit vrai, car j'ai commencé à me douloir [37] dans tous les membres, rien qu'en l'en entendant parl... Ah, ah, aah...

BARTHOLO *le contrefait.*

Rien qu'en l'en entendant !... Où donc est ce vaurien de La Jeunesse ? Droguer ce petit garçon sans mon ordonnance ! Il y a quelque friponnerie là-dessous.

SCÈNE VII

LES ACTEURS PRÉCÉDENTS,
LA JEUNESSE *arrive en vieillard,*
avec une canne en béquille ;
il éternue plusieurs fois.

L'ÉVEILLÉ, *toujours bâillant.*

La Jeunesse ?

BARTHOLO

Tu éternueras dimanche.

LA JEUNESSE

Voilà plus de cinquante... cinquante fois... dans un moment ! *(Il éternue.)* Je suis brisé.

BARTHOLO

Comment ! Je vous demande à tous deux s'il est entré quelqu'un chez Rosine, et vous ne me dites pas que ce Barbier...

L'ÉVEILLÉ, *continuant de bâiller.*

Est-ce que c'est quelqu'un donc, Monsieur Figaro ? Aah, ah...

BARTHOLO

Je parie que le rusé s'entend avec lui.

L'ÉVEILLÉ, *pleurant comme un sot.*

Moi... Je m'entends !...

LA JEUNESSE, *éternuant.*

Eh mais, Monsieur, y a-t-il... y a-t-il de la justice ?...

BARTHOLO

De la justice ! C'est bon entre vous autres misérables, la justice ! Je suis votre maître, moi, pour avoir toujours raison.

LA JEUNESSE, *éternuant.*

Mais, pardi, quand une chose est vraie...

BARTHOLO

Quand une chose est vraie ! Si je ne veux pas qu'elle soit vraie, je prétends bien qu'elle ne soit pas vraie. Il n'y aurait qu'à permettre à tous ces faquins-là d'avoir raison, vous verriez bientôt ce que deviendrait l'autorité.

LA JEUNESSE, *éternuant.*

J'aime autant recevoir mon congé. Un service pénible, et toujours un train d'enfer.

L'ÉVEILLÉ, *pleurant.*

Un pauvre homme de bien est traité comme un misérable.

BARTHOLO

Sors donc, pauvre homme de bien. *(Il les contrefait.)* Et t'chi et t'cha ; l'un m'éternue au nez, l'autre m'y bâille.

LA JEUNESSE

Ah ! Monsieur, je vous jure que sans Mademoiselle, il n'y aurait... il n'y aurait pas moyen de rester dans la maison. *(Il sort en éternuant.)*

BARTHOLO

Dans quel état ce Figaro les a mis tous ! Je vois ce que c'est : le maraud voudrait me payer mes cent écus sans bourse délier.

SCÈNE VIII

BARTHOLO, DON BAZILE ;
FIGARO, *caché dans le cabinet, paraît de temps en temps, et les écoute.*

BARTHOLO *continue.*

Ah ! Don Bazile, vous veniez donner à Rosine sa leçon de musique ?

BAZILE

C'est ce qui presse le moins.

BARTHOLO

J'ai passé chez vous sans vous trouver.

BAZILE

J'étais sorti pour vos affaires. Apprenez une nouvelle assez fâcheuse.

BARTHOLO

Pour vous ?

BAZILE

Non, pour vous. Le Comte Almaviva est dans cette Ville.

BARTHOLO

Parlez bas. Celui qui faisait chercher Rosine dans tout Madrid ?

BAZILE

Il loge à la grande place et sort tous les jours, déguisé.

BARTHOLO

Il n'en faut point douter, cela me regarde. Et que faire ?

BAZILE

Si c'était un particulier, on viendrait à bout de l'écarter.

BARTHOLO

Oui, en s'embusquant le soir, armé, cuirassé...

BAZILE

Bone Deus ! Se compromettre ! Susciter une méchante affaire, à la bonne heure, et, pendant la fermentation, calomnier à dire d'Experts : *concedo.*

BARTHOLO

Singulier moyen de se défaire d'un homme !

BAZILE

La calomnie[38], Monsieur ? Vous ne savez guère ce que vous dédaignez ; j'ai vu les plus honnêtes gens près d'en être accablés. Croyez qu'il n'y a pas de plate méchanceté, pas d'horreurs, pas de conte absurde, qu'on ne fasse adopter aux oisifs d'une grande Ville, en s'y prenant bien ; et nous avons ici des gens d'une adresse !... D'abord un bruit léger, rasant le sol comme hirondelle avant l'orage, *pianissimo* murmure et file, et sème en courant le trait empoisonné. Telle bouche le recueille, et *piano, piano* vous le glisse en l'oreille adroitement. Le mal est fait, il germe, il rampe, il chemine, et *rinforzando* de bouche en bouche il va le diable ; puis tout à coup, ne sais comment, vous voyez

Calomnie se dresser, siffler, s'enfler, grandir à vue d'œil ; elle s'élance, étend son vol, tourbillonne, enveloppe, arrache, entraîne, éclate et tonne, et devient, grâce au Ciel, un cri général, un *crescendo* public, un *chorus* universel de haine et de proscription. — Qui diable y résisterait ?

BARTHOLO

Mais quel radotage me faites-vous donc là, Bazile ? Et quel rapport ce *piano-crescendo* peut-il avoir à ma situation ?

BAZILE

Comment, quel rapport ? Ce qu'on fait partout, pour écarter son ennemi, il faut le faire ici pour empêcher le vôtre d'approcher.

BARTHOLO

D'approcher ? Je prétends bien épouser Rosine avant qu'elle apprenne seulement que ce Comte existe.

BAZILE

En ce cas, vous n'avez pas un instant à perdre.

BARTHOLO

Et à qui tient-il, Bazile ? Je vous ai chargé de tous les détails de cette affaire.

BAZILE

Oui. Mais vous avez lésiné sur les frais, et, dans l'harmonie du bon ordre, un mariage inégal, un jugement inique, un passe-droit évident, sont des dissonances qu'on doit toujours préparer et sauver par l'accord parfait de l'or.

BARTHOLO, *lui donnant de l'argent.*

Il faut en passer par où vous voulez ; mais finissons.

BAZILE

Cela s'appelle parler. Demain tout sera terminé ; c'est à vous d'empêcher que personne, aujourd'hui, ne puisse instruire la Pupille.

BARTHOLO

Fiez-vous-en à moi. Viendrez-vous ce soir, Bazile ?

BAZILE

N'y comptez pas. Votre mariage seul m'occupera toute la journée ; n'y comptez pas.

BARTHOLO *l'accompagne.*

Serviteur.

BAZILE

Restez, Docteur, restez donc.

BARTHOLO

Non pas. Je veux fermer sur vous la porte de la rue.

SCÈNE IX

FIGARO, *seul, sortant du cabinet.*

Oh ! la bonne précaution ! Ferme, ferme la porte de la rue, et moi je vais la rouvrir au Comte en sortant. C'est un grand maraud que ce Bazile ! heureusement il est encore plus sot. Il faut un état, une famille, un nom, un rang, de la consistance enfin, pour faire sensation dans le monde en calomniant. Mais un Bazile ! il médirait qu'on ne le croirait pas.

SCÈNE X

ROSINE, *accourant ;* FIGARO.

ROSINE

Quoi ! vous êtes encore là, Monsieur Figaro ?

FIGARO

Très heureusement pour vous, Mademoiselle. Votre Tuteur et votre Maître de Musique, se croyant seuls ici, viennent de parler à cœur ouvert...

ROSINE

Et vous les avez écoutés, Monsieur Figaro ? Mais savez-vous que c'est fort mal ?

FIGARO

D'écouter ? C'est pourtant tout ce qu'il y a de mieux pour bien entendre. Apprenez que votre Tuteur se dispose à vous épouser demain.

ROSINE

Ah ! grands Dieux !

FIGARO

Ne craignez rien, nous lui donnerons tant d'ouvrage, qu'il n'aura pas le temps de songer à celui-là.

ROSINE

Le voici qui revient ; sortez donc par le petit escalier. Vous me faites mourir de frayeur. *(Figaro s'enfuit.)*

SCÈNE XI

BARTHOLO, ROSINE

ROSINE

Vous étiez ici avec quelqu'un, Monsieur ?

BARTHOLO

Don Bazile que j'ai reconduit, et pour cause. Vous eussiez mieux aimé que c'eût été Monsieur Figaro ?

ROSINE

Cela m'est fort égal, je vous assure.

BARTHOLO

Je voudrais bien savoir ce que ce Barbier avait de si pressé à vous dire ?

ROSINE

Faut-il parler sérieusement ? Il m'a rendu compte de l'état de Marceline, qui même n'est pas trop bien, à ce qu'il dit.

BARTHOLO

Vous rendre compte ! Je vais parier qu'il était chargé de vous remettre quelque lettre.

ROSINE

Et de qui, s'il vous plaît ?

BARTHOLO

Oh ! de qui ! De quelqu'un que les femmes ne

nomment jamais. Que sais-je, moi ? Peut-être la réponse au papier de la fenètre.

ROSINE, *à part.*

Il n'en a pas manqué une seule. *(Haut.)* Vous mériteriez bien que cela fût.

BARTHOLO *regarde les mains de Rosine.*

Cela est. Vous avez écrit.

ROSINE, *avec embarras.*

Il serait assez plaisant que vous eussiez le projet de m'en faire convenir.

BARTHOLO, *lui prenant la main droite.*

Moi ! point du tout ; mais votre doigt encore taché d'encre ! hein ? rusée Signora !

ROSINE, *à part.*

Maudit homme !

BARTHOLO, *lui tenant toujours la main.*

Une femme se croit bien en sûreté parce qu'elle est seule.

ROSINE

Ah ! sans doute... La belle preuve !... Finissez donc, Monsieur, vous me tordez le bras. Je me suis brûlée en chiffonnant autour de cette bougie, et l'on m'a toujours dit qu'il fallait aussitôt tremper dans l'encre ; c'est ce que j'ai fait.

BARTHOLO

C'est ce que vous avez fait ? Voyons donc si un second témoin confirmera la déposition du premier.

C'est ce cahier de papier où je suis certain qu'il y avait six feuilles ; car je les compte tous les matins, aujourd'hui encore.

ROSINE, *à part.*

Oh ! imbécile !

BARTHOLO, *comptant.*

Trois, quatre, cinq...

ROSINE

La sixième...

BARTHOLO

Je vois bien qu'elle n'y est pas, la sixième.

ROSINE, *baissant les yeux.*

La sixième, je l'ai employée à faire un cornet pour des bonbons que j'ai envoyés à la petite Figaro.

BARTHOLO

A la petite Figaro ? Et la plume qui était toute neuve, comment est-elle devenue noire ? est-ce en écrivant l'adresse de la petite Figaro ?

ROSINE, *à part.*

Cet homme a un instinct de jalousie !... *(Haut.)* Elle m'a servi à retracer une fleur effacée sur la veste que je vous brode au tambour.

BARTHOLO

Que cela est édifiant ! Pour qu'on vous crût, mon enfant, il faudrait ne pas rougir en déguisant coup sur coup la vérité ; mais c'est ce que vous ne savez pas encore.

ROSINE

Eh ! qui ne rougirait pas, Monsieur, de voir tirer des conséquences aussi malignes des choses le plus innocemment faites ?

BARTHOLO

Certes, j'ai tort ; se brûler le doigt, le tremper dans l'encre, faire des cornets aux bonbons pour la petite Figaro, et dessiner ma veste au tambour ! quoi de plus innocent ? Mais que de mensonges entassés pour cacher un seul fait !... ***Je suis seule, on ne me voit point ; je pourrai mentir à mon aise ;*** mais le bout du doigt reste noir, la plume est tachée, le papier manque ; on ne saurait penser à tout. Bien certainement, Signora, quand j'irai par la Ville, un bon double tour me répondra de vous.

SCÈNE XII

LE COMTE, BARTHOLO, ROSINE

LE COMTE, ***en uniforme de cavalerie, ayant l'air d'être entre deux vins et chantant :***

Réveillons-la, etc.

BARTHOLO

Mais que nous veut cet homme ? Un soldat ! Rentrez chez vous, Signora.

LE COMTE ***chante :***

Réveillons-la, ***et s'avance vers Rosine.*** — Qui de vous deux, Mesdames, se nomme le Docteur Balordo ? *(A Rosine, bas.)* Je suis Lindor.

BARTHOLO

Bartholo !

ROSINE, *à part.*

Il parle de Lindor.

LE COMTE

Balordo, Barque à l'eau, je m'en moque comme de ça. Il s'agit seulement de savoir laquelle des deux... *(A Rosine, lui montrant un papier.)* Prenez cette lettre.

BARTHOLO

Laquelle ! vous voyez bien que c'est moi ! Laquelle ! Rentrez donc, Rosine, cet homme paraît avoir du vin.

ROSINE

C'est pour cela, Monsieur ; vous êtes seul. Une femme en impose quelquefois.

BARTHOLO

Rentrez, rentrez ; je ne suis pas timide.

SCÈNE XIII

LE COMTE, BARTHOLO

LE COMTE

Oh ! Je vous ai reconnu d'abord à votre signalement.

BARTHOLO, *au Comte, qui serre la lettre.*

Qu'est-ce que c'est donc que vous cachez là dans votre poche ?

LE COMTE

Je le cache dans ma poche pour que vous ne sachiez pas ce que c'est.

BARTHOLO

Mon signalement ? Ces gens-là croient toujours parler à des soldats !

LE COMTE

Pensez-vous que ce soit une chose si difficile à faire que votre signalement ?

Le chef branlant, la tête chauve,
Les yeux vairons, le regard fauve,
L'air farouche d'un algonquin...

BARTHOLO

Qu'est-ce que cela veut dire ? Êtes-vous ici pour m'insulter ? Délogez à l'instant.

LE COMTE

Déloger ! Ah, fi ! que c'est mal parler ! Savez-vous lire, Docteur... Barbe à l'eau ?

BARTHOLO

Autre question saugrenue.

LE COMTE

Oh ! que cela ne vous fasse point de peine, car, moi qui suis pour le moins aussi Docteur que vous...

BARTHOLO

Comment cela ?

LE COMTE

Est-ce que je ne suis pas le médecin des chevaux du Régiment ? Voilà pourquoi l'on m'a exprès logé chez un confrère.

BARTHOLO

Oser comparer un maréchal !...

LE COMTE

AIR : *Vive le vin*[39].

Sans chanter.

Non, Docteur, je ne prétends pas
Que notre art obtienne le pas
Sur Hippocrate et sa brigade.

En chantant.

Votre savoir, mon camarade,
Est d'un succès plus général ;
Car, s'il n'emporte point le mal,
Il emporte au moins le malade.

C'est-il poli, ce que je vous dis là ?

BARTHOLO

Il vous sied bien, manipuleur ignorant, de ravaler ainsi le premier, le plus grand et le plus utile des arts !

LE COMTE

Utile tout à fait pour ceux qui l'exercent.

BARTHOLO

Un art dont le soleil s'honore d'éclairer les succès.

LE COMTE

Et dont la terre s'empresse de couvrir les bévues.

BARTHOLO

On voit bien, malappris, que vous n'êtes habitué de parler qu'à des chevaux.

LE COMTE

Parler à des chevaux ? Ah, Docteur, pour un Docteur d'esprit... N'est-il pas de notoriété que le Maréchal guérit toujours ses malades sans leur parler ; au lieu que le Médecin parle toujours aux siens...

BARTHOLO

Sans les guérir, n'est-ce pas ?

LE COMTE

C'est vous qui l'avez dit.

BATHOLO

Qui diable envoie ici ce maudit ivrogne ?

LE COMTE

Je crois que vous me lâchez des épigrammes, l'Amour !

BARTHOLO

Enfin, que voulez-vous, que demandez-vous ?

LE COMTE, *feignant une grande colère.*

Eh bien donc, il s'enflamme ! Ce que je veux ? Est-ce que vous ne le voyez pas ?

SCÈNE XIV

ROSINE, LE COMTE, BARTHOLO

ROSINE, *accourant.*

Monsieur le Soldat, ne vous emportez point, de grâce ! *(A Bartholo.)* Parlez-lui doucement, Monsieur ; un homme qui déraisonne.

LE COMTE

Vous avez raison ; il déraisonne, lui, mais nous sommes raisonnables, nous ! Moi poli, et vous jolie... enfin suffit. La vérité, c'est que je ne veux avoir affaire qu'à vous dans la maison.

ROSINE

Que puis-je pour votre service, Monsieur le Soldat ?

LE COMTE

Une petite bagatelle, mon enfant. Mais s'il y a de l'obscurité dans mes phrases...

ROSINE

J'en saisirai l'esprit.

LE COMTE, *lui montrant la lettre.*

Non, attachez-vous à la lettre, à la lettre. Il s'agit seulement... mais je dis en tout bien, tout honneur, que vous me donniez à coucher, ce soir.

BARTHOLO

Rien que cela ?

LE COMTE

Pas davantage. Lisez le billet doux que notre Maréchal des Logis vous écrit.

BARTHOLO

Voyons. *(Le Comte cache la lettre et lui donne un autre papier. Bartholo lit.)* « Le Docteur Bartholo recevra, nourrira, hébergera, couchera... »

LE COMTE, *appuyant.*

Couchera.

BARTHOLO

« Pour une nuit seulement, le nommé Lindor, dit L'Écolier, Cavalier au Régiment... »

ROSINE

C'est lui, c'est lui-même.

BARTHOLO, *vivement, à Rosine.*

Qu'est-ce qu'il y a ?

LE COMTE

Eh bien, ai-je tort, à présent, Docteur Barbaro ?

BARTHOLO

On dirait que cet homme se fait un malin plaisir de m'estropier de toutes les manières possibles. Allez au diable ! Barbaro ! Barbe à l'eau ! et dites à votre impertinent Maréchal des Logis que, depuis mon voyage à Madrid, je suis exempt de loger des gens de guerre.

LE COMTE, *à part.*

O Ciel ! fâcheux contretemps !

BARTHOLO

Ah ! ah ! notre ami, cela vous contrarie et vous dégrise un peu ! Mais n'en décampez pas moins à l'instant.

LE COMTE, *à part.*

J'ai pensé me trahir ! *(Haut.)* Décamper ! Si vous êtes exempt des gens de guerre, vous n'êtes pas exempt de politesse, peut-être ? Décamper ! Montrez-moi votre brevet d'exemption ; quoique je ne sache pas lire, je verrai bientôt...

BARTHOLO

Qu'à cela ne tienne. Il est dans ce bureau.

LE COMTE, *pendant qu'il y va, dit, sans quitter sa place.*

Ah ! ma belle Rosine !

ROSINE

Quoi, Lindor, c'est vous ?

LE COMTE

Recevez au moins cette lettre.

ROSINE

Prenez garde, il a les yeux sur nous.

LE COMTE

Tirez votre mouchoir, je la laisserai tomber. *(Il s'approche.)*

BARTHOLO

Doucement, doucement, Seigneur Soldat, je n'aime point qu'on regarde ma femme de si près.

LE COMTE

Elle est votre femme ?

BARTHOLO

Eh ! quoi donc ?

LE COMTE

Je vous ai pris pour son bisaïeul paternel, maternel, sempiternel ; il y a au moins trois générations entre elle et vous.

BARTHOLO *lit un parchemin.*

« Sur les bons et fidèles témoignages qui nous ont été rendus... »

LE COMTE *donne un coup de main sous les parchemins, qui les envoie au plancher.*

Est-ce que j'ai besoin de tout ce verbiage ?

BARTHOLO

Savez-vous bien, Soldat, que si j'appelle mes gens, je vous fais traiter sur-le-champ comme vous le méritez ?

LE COMTE

Bataille ? Ah ! volontiers. Bataille ! c'est mon métier à moi. *(Montrant son pistolet de ceinture.)* Et voici de quoi leur jeter de la poudre aux yeux. Vous n'avez peut-être jamais vu de Bataille, Madame ?

ROSINE

Ni ne veux en voir.

LE COMTE

Rien n'est pourtant aussi gai que Bataille. Figurez-vous *(poussant le Docteur)* d'abord que l'ennemi est d'un côté du ravin, et les amis de l'autre. *(A Rosine, en lui montrant la lettre.)* Sortez le mouchoir. *(Il crache à terre.)* Voilà le ravin, cela s'entend.

Rosine tire son mouchoir, le Comte laisse tomber sa lettre entre elle et lui.

BARTHOLO, *se baissant.*

Ah ! ah !

LE COMTE *la reprend et dit.*

Tenez... moi qui allais vous apprendre ici les secrets de mon métier... Une femme bien discrète en vérité ! Ne voilà-t-il pas un billet doux qu'elle laisse tomber de sa poche ?

BARTHOLO

Donnez, donnez.

LE COMTE

Dulciter[40], Papa ! chacun son affaire. Si une ordonnance de rhubarbe était tombée de la vôtre ?

ROSINE *avance la main.*

Ah ! je sais ce que c'est, Monsieur le Soldat. *(Elle prend la lettre, qu'elle cache dans la petite poche de son tablier.)*

BARTHOLO

Sortez-vous enfin ?

LE COMTE

Eh bien, je sors ; adieu, Docteur ; sans rancune. Un petit compliment, mon cœur : priez la mort de m'oublier encore quelques campagnes ; la vie ne m'a jamais été si chère.

BARTHOLO

Allez toujours, si j'avais ce crédit-là sur la mort...

LE COMTE

Sur la mort ? Ah ! Docteur ! Vous faites tant de choses pour elle, qu'elle n'a rien à vous refuser. (*Il sort.*)

SCÈNE XV

BARTHOLO, ROSINE

BARTHOLO *le regarde aller.*

Il est enfin parti. *(A part.)* Dissimulons.

ROSINE

Convenez pourtant, Monsieur, qu'il est bien gai ce jeune Soldat ! A travers son ivresse, on voit qu'il ne manque ni d'esprit, ni d'une certaine éducation.

BARTHOLO

Heureux, m'amour, d'avoir pu nous en délivrer ! mais n'es-tu pas un peu curieuse de lire avec moi le papier qu'il t'a remis ?

ROSINE

Quel papier ?

BARTHOLO

Celui qu'il a feint de ramasser pour te le faire accepter.

ROSINE

Bon ! c'est la lettre de mon cousin l'Officier, qui était tombée de ma poche.

BARTHOLO

J'ai idée, moi, qu'il l'a tirée de la sienne.

ROSINE

Je l'ai très bien reconnue.

BARTHOLO

Qu'est-ce qu'il coûte d'y regarder ?

ROSINE

Je ne sais pas seulement ce que j'en ai fait.

BARTHOLO, *montrant la pochette.*

Tu l'as mise là.

ROSINE

Ah ! ah ! par distraction.

BARTHOLO

Ah ! sûrement. Tu vas voir que ce sera quelque folie.

ROSINE, *à part.*

Si je ne le mets pas en colère, il n'y aura pas moyen de refuser.

BARTHOLO

Donne donc, mon cœur.

ROSINE

Mais quelle idée avez-vous en insistant, Monsieur ? Est-ce encore quelque méfiance ?

BARTHOLO

Mais, vous, quelle raison avez-vous de ne pas le montrer ?

ROSINE

Je vous répète, Monsieur, que ce papier n'est autre que la lettre de mon cousin, que vous m'avez rendue hier toute décachetée ; et puisqu'il en est question, je vous dirai tout net que cette liberté me déplaît excessivement.

BARTHOLO

Je ne vous entends pas !

ROSINE

Vais-je examiner les papiers qui vous arrivent ? Pourquoi vous donnez-vous les airs de toucher à ceux qui me sont adressés ? Si c'est jalousie, elle m'insulte ; s'il s'agit de l'abus d'une autorité usurpée, j'en suis plus révoltée encore.

BARTHOLO

Comment, révoltée ! Vous ne m'avez jamais parlé ainsi.

ROSINE

Si je me suis modérée jusqu'à ce jour, ce n'était pas pour vous donner le droit de m'offenser impunément.

BARTHOLO

De quelle offense parlez-vous ?

ROSINE

C'est qu'il est inouï qu'on se permette d'ouvrir les lettres de quelqu'un.

BARTHOLO

De sa femme ?

ROSINE

Je ne la suis pas encore. Mais pourquoi lui donnerait-on la préférence d'une indignité qu'on ne fait à personne ?

BARTHOLO

Vous voulez me faire prendre le change et détourner mon attention du billet, qui, sans doute, est une missive de quelque amant ! mais je le verrai, je vous assure.

ROSINE

Vous ne le verrez pas. Si vous m'approchez, je m'enfuis de cette maison, et je demande retraite au premier venu.

BARTHOLO

Qui ne vous recevra point.

ROSINE

C'est ce qu'il faudra voir.

BARTHOLO

Nous ne sommes pas ici en France, où l'on donne toujours raison aux femmes ; mais, pour vous en ôter la fantaisie, je vais fermer la porte.

ROSINE, *pendant qu'il y va.*

Ah Ciel ! que faire ?... Mettons vite à la place la lettre de mon cousin, et donnons-lui beau jeu à la prendre. *(Elle fait l'échange, et met la lettre du cousin dans sa pochette, de façon qu'elle sorte un peu.)*

BARTHOLO, *revenant.*

Ah ! j'espère maintenant la voir.

ROSINE

De quel droit, s'il vous plaît ?

BARTHOLO

Du droit le plus universellement reconnu, celui du plus fort.

ROSINE

On me tuera plutôt que de l'obtenir de moi.

BARTHOLO, *frappant du pied.*

Madame ! Madame !...

ROSINE *tombe sur un fauteuil et feint de se trouver mal.*

Ah ! quelle indignité !...

BARTHOLO

Donnez cette lettre, ou craignez ma colère.

ROSINE, *renversée.*

Malheureuse Rosine !

BARTHOLO

Qu'avez-vous donc ?

ROSINE

Quel avenir affreux !

BARTHOLO

Rosine !

ROSINE

J'étouffe de fureur !

BARTHOLO

Elle se trouve mal.

ROSINE

Je m'affaiblis, je meurs.

BARTHOLO, *à part.*

Dieux ! la lettre ! Lisons-la sans qu'elle en soit instruite. *(Il lui tâte le pouls et prend la lettre qu'il tâche de lire en se tournant un peu.)*

ROSINE, *toujours renversée.*

Infortunée ! ah !...

BARTHOLO *lui quitte le bras, et dit à part.*

Quelle rage a-t-on d'apprendre ce qu'on craint toujours de savoir !

ROSINE

Ah ! pauvre Rosine !

BARTHOLO

L'usage des odeurs... produit ces affections spasmodiques. *(Il lit par derrière le fauteuil, en lui tâtant le pouls. Rosine se relève un peu, le regarde finement, fait un geste de tête, et se remet sans parler.)*

BARTHOLO, *à part.*

O Ciel ! c'est la lettre de son cousin. Maudite inquiétude ! Comment l'apaiser maintenant ? Qu'elle ignore au moins que je l'ai lue ! *(Il fait semblant de la soutenir et remet la lettre dans la pochette.)*

ROSINE *soupire.*

Ah !...

BARTHOLO

Eh bien ! ce n'est rien, mon enfant ; un petit mouvement de vapeurs, voilà tout ; car ton pouls n'a seulement pas varié. *(Il va prendre un flacon sur la console.)*

ROSINE, *à part.*

Il a remis la lettre : fort bien !

BARTHOLO

Ma chère Rosine, un peu de cette eau spiritueuse.

ROSINE

Je ne veux rien de vous ; laissez-moi.

BARTHOLO

Je conviens que j'ai montré trop de vivacité sur ce billet.

ROSINE

Il s'agit bien du billet. C'est votre façon de demander les choses qui est révoltante.

BARTHOLO, *à genoux.*

Pardon ; j'ai bientôt senti tous mes torts, et tu me vois à tes pieds, prêt à les réparer.

ROSINE

Oui, pardon ! lorsque vous croyez que cette lettre ne vient pas de mon cousin.

BARTHOLO

Qu'elle soit d'un autre ou de lui, je ne veux aucun éclaircissement.

ROSINE, *lui présentant la lettre.*

Vous voyez qu'avec de bonnes façons, on obtient tout de moi. Lisez-la.

BARTHOLO

Cet honnête procédé dissiperait mes soupçons si j'étais assez malheureux pour en conserver.

ROSINE

Lisez-la donc, Monsieur.

BARTHOLO *se retire.*

A Dieu ne plaise que je te fasse une pareille injure !

ROSINE

Vous me contrariez de la refuser.

BARTHOLO

Reçois en réparation cette marque de ma parfaite confiance. Je vais voir la pauvre Marceline, que ce Figaro a, je ne sais pourquoi, saignée au pied ; n'y viens-tu pas aussi ?

ROSINE

J'y monterai dans un moment.

BARTHOLO

Puisque la paix est faite, mignonne, donne-moi ta main. Si tu pouvais m'aimer ! ah, comme tu serais heureuse !

ROSINE, *baissant les yeux.*

Si vous pouviez me plaire, ah ! comme je vous aimerais !

BARTHOLO

Je te plairai, je te plairai ; quand je te dis que je te plairai ! *(Il sort).*

ROSINE *le regarde aller.*

Ah ! Lindor ! Il dit qu'il me plaira !... Lisons cette lettre qui a manqué de me causer tant de chagrin. *(Elle lit et s'écrie :)* Ah !... j'ai lu trop tard : il me recommande de tenir une querelle ouverte avec mon Tuteur ; j'en avais une si bonne, et je l'ai laissée échapper ! En recevant la lettre, j'ai senti que je rougissais jusqu'aux yeux. Ah ! mon Tuteur a raison. Je suis bien loin d'avoir cet usage du monde, qui, me dit-il souvent, assure le maintien des femmes en toute occasion ; mais un homme injuste parviendrait à faire une rusée de l'innocence même.

ACTE III

SCÈNE PREMIÈRE

BARTHOLO, *seul et désolé.*

Quelle humeur ! quelle humeur ! Elle paraissait apaisée... Là, qu'on me dise qui diable lui a fourré dans la tête de ne plus vouloir prendre leçon de Don Bazile ! Elle sait qu'il se mêle de mon mariage... *(On heurte à la porte.)* Faites tout au monde pour plaire aux femmes ; si vous omettez un seul petit point... je dis un seul... *(On heurte une seconde fois.)* Voyons qui c'est.

SCÈNE II

BARTHOLO, LE COMTE *en Bachelier.*

LE COMTE

Que la paix et la joie habitent toujours céans !

BARTHOLO, *brusquement.*

Jamais souhait ne vint plus à propos. Que voulez-vous ?

LE COMTE

Monsieur, je suis Alonzo, Bachelier, Licencié...

BARTHOLO

Je n'ai pas besoin de Précepteur.

LE COMTE

... Élève de Don Bazile, Organiste du Grand Couvent, qui a l'honneur de montrer la Musique à Madame votre...

BARTHOLO

Bazile ! Organiste ! qui a l'honneur ! Je le sais, au fait.

LE COMTE

(A part.) Quel homme ! *(Haut.)* Un mal subit qui le force à garder le lit...

BARTHOLO

Garder le lit ! Bazile ! Il a bien fait d'envoyer ; je vais le voir à l'instant.

LE COMTE

(A part.) Oh diable ! *(Haut.)* Quand je dis le lit, Monsieur c'est... la chambre que j'entends.

BARTHOLO

Ne fût-il qu'incommodé... Marchez devant, je vous suis.

LE COMTE, *embarrassé.*

Monsieur, j'étais chargé... Personne ne peut-il nous entendre ?

BARTHOLO

(A part.) C'est quelque fripon. *(Haut.)* Eh ! non, Monsieur le mystérieux ! Parlez sans vous troubler, si vous pouvez.

LE COMTE

(A part.) Maudit vieillard ! *(Haut.)* Don Bazile m'avait chargé de vous apprendre...

BARTHOLO

Parlez haut, je suis sourd d'une oreille.

LE COMTE, *élevant la voix.*

Ah ! volontiers. Que le Comte Almaviva, qui restait à la grande place...

BARTHOLO, *effrayé.*

Parlez bas, parlez bas !

LE COMTE, *plus haut.*

... En est délogé ce matin. Comme c'est par moi qu'il a su que le Comte Almaviva...

BARTHOLO

Bas ; parlez bas ; je vous prie.

LE COMTE, *du même ton.*

... Était en cette ville, et que j'ai découvert que la Signora Rosine lui a écrit...

BARTHOLO

Lui a écrit ? Tenez, asseyons-nous et jasons d'amitié. Vous avez découvert, dites-vous, que Rosine...

LE COMTE, *fièrement.*

Assurément. Bazile, inquiet pour vous de cette correspondance, m'avait prié de vous montrer sa lettre ; mais la manière dont vous prenez les choses...

BARTHOLO

Eh ! mon Dieu ! je les prends bien. Mais ne vous est-il donc pas possible de parler plus bas ?

LE COMTE

Vous êtes sourd d'une oreille, avez-vous dit.

BARTHOLO

Pardon, pardon, Seigneur Alonzo, si vous m'avez trouvé méfiant et dur ; mais je suis tellement entouré d'intrigants, de pièges... Et puis votre tournure, votre âge, votre air... Pardon, pardon. Eh bien ! vous avez la lettre ?

LE COMTE

A la bonne heure sur ce ton, Monsieur ; mais je crains qu'on ne soit aux écoutes.

BARTHOLO

Eh ! qui voulez-vous ? Tous mes Valets sur les dents ! Rosine enfermée de fureur ! Le diable est entré chez moi. Je vais encore m'assurer... *(Il va ouvrir doucement la porte de Rosine.)*

LE COMTE, *à part.*

Je me suis enferré de dépit... Garder la lettre à présent ! Il faudra m'enfuir : autant vaudrait n'être pas venu... La lui montrer ! Si je puis en prévenir Rosine, la montrer est un coup de maître.

BARTHOLO *revient sur la pointe des pieds.*

Elle est assise auprès de sa fenêtre, le dos tourné à la porte, occupée à relire une lettre de son cousin l'Officier, que j'avais décachetée... Voyons donc la sienne.

LE COMTE *lui remet la lettre de Rosine.*

La voici. *(A part.)* C'est ma lettre qu'elle relit.

BARTHOLO *lit.*

« *Depuis que vous m'avez appris votre nom et votre état.* » Ah ! la perfide, c'est bien là sa main[41].

LE COMTE, *effrayé.*

Parlez donc bas à votre tour.

BARTHOLO

Quelle obligation, mon cher !...

LE COMTE

Quand tout sera fini, si vous croyez m'en devoir, vous serez le maître... D'après un travail que fait actuellement Don Bazile avec un homme de Loi...

BARTHOLO

Avec un homme de Loi, pour mon mariage ?

LE COMTE

Sans doute. Il m'a chargé de vous dire que tout peut être prêt pour demain. Alors, si elle résiste...

BARTHOLO

Elle résistera.

LE COMTE *veut reprendre la lettre, Bartholo la serre.*

Voilà l'instant où je puis vous servir ; nous lui montrerons sa lettre, et, s'il le faut *(plus mystérieusement)*, j'irai jusqu'à lui dire que je la tiens d'une femme à qui le Comte l'a sacrifiée ; vous sentez que le trouble, la honte, le dépit, peuvent la porter sur-le-champ...

BARTHOLO, *riant.*

De la calomnie ! mon cher ami, je vois bien maintenant que vous venez de la part de Bazile... Mais pour que ceci n'eût pas l'air concerté, ne serait-il pas bon qu'elle vous connût d'avance ?

LE COMTE *réprime un grand mouvement de joie.*

C'était assez l'avis de Don Bazile ; mais comment faire ? Il est tard... au peu de temps qui reste...

BARTHOLO

Je dirai que vous venez en sa place. Ne lui donnerez-vous pas bien une leçon ?

LE COMTE

Il n'y a rien que je ne fasse pour vous plaire. Mais prenez garde que toutes ces histoires de Maîtres supposés sont de vieilles finesses, des moyens de Comédie ; si elle va se douter ?...

BARTHOLO

Présenté par moi ? Quelle apparence ? Vous avez plus l'air d'un amant déguisé que d'un ami officieux.

LE COMTE

Oui ? Vous croyez donc que mon air peut aider à la tromperie ?

BARTHOLO

Je le donne au plus fin à deviner. Elle est ce soir d'une humeur horrible. Mais quand elle ne ferait que vous voir... Son clavecin est dans ce cabinet. Amusez-vous en l'attendant, je vais faire l'impossible pour l'amener.

LE COMTE

Gardez-vous bien de lui parler de la lettre !

BARTHOLO

Avant l'instant décisif ? Elle perdrait tout son effet. Il ne faut pas me dire deux fois les choses ; il ne faut pas me les dire deux fois. *(Il s'en va.)*

SCÈNE III

LE COMTE, *seul.*

Me voilà sauvé. Ouf ! Que ce diable d'homme est rude à manier ! Figaro le connaît bien. Je me voyais mentir ; cela me donnait un air plat et gauche ; et il a des yeux !... Ma foi, sans l'inspiration subite de la lettre, il faut l'avouer, j'étais éconduit comme un sot. O Ciel ! on dispute là-dedans. Si elle allait s'obstiner à ne pas venir ! Écoutons... Elle refuse de sortir de chez elle, et j'ai perdu le fruit de ma ruse. *(Il retourne écouter.)* La voici ; ne nous montrons pas d'abord. *(Il entre dans le cabinet.)*

SCÈNE IV

LE COMTE, ROSINE, BARTHOLO

ROSINE, *avec une colère simulée.*

Tout ce que vous direz est inutile, Monsieur. J'ai pris mon parti, je ne veux plus entendre parler de Musique.

BARTHOLO

Écoute donc, mon enfant ; c'est le Seigneur Alonzo, l'élève et l'ami de Don Bazile, choisi par lui pour être un de nos témoins. — La Musique te calmera, je t'assure.

ROSINE

Oh ! pour cela, vous pouvez vous en détacher ; si je chante ce soir !... Où donc est-il ce Maître que vous craignez de renvoyer ? Je vais, en deux mots, lui donner son compte et celui de Bazile. *(Elle aperçoit son amant. Elle fait un cri.)* Ah !...

BARTHOLO

Qu'avez-vous ?

ROSINE, *les deux mains sur son cœur,*
avec un grand trouble.

Ah ! mon Dieu, Monsieur... Ah ! mon Dieu, Monsieur...

BARTHOLO

Elle se trouve encore mal... Seigneur Alonzo ?

ROSINE

Non, je ne me trouve pas mal... mais c'est qu'en me tournant... Ah !

LE COMTE

Le pied vous a tourné, Madame ?

ROSINE

Ah ! oui, le pied m'a tourné. Je me suis fait un mal horrible.

LE COMTE

Je m'en suis bien aperçu.

ROSINE, *regardant le Comte.*

Le coup m'a porté au cœur.

BARTHOLO

Un siège, un siège. Et pas un fauteuil ici ? *(Il va le chercher.)*

LE COMTE

Ah ! Rosine !

ROSINE

Quelle imprudence !

LE COMTE

J'ai mille choses essentielles à vous dire.

ROSINE

Il ne nous quittera pas.

LE COMTE

Figaro va venir nous aider.

BARTHOLO *apporte un fauteuil.*

Tiens, mignonne, assieds-toi. — Il n'y a pas d'apparence, Bachelier, qu'elle prenne de leçon ce soir ; ce sera pour un autre jour. Adieu.

ROSINE, *au Comte.*

Non, attendez, ma douleur est un peu apaisée. *(A Bartholo.)* Je sens que j'ai eu tort avec vous, Monsieur. Je veux vous imiter en réparant sur-le-champ...

BARTHOLO

Oh ! le bon petit naturel de femme ! Mais après une pareille émotion, mon enfant, je ne souffrirai pas que tu fasses le moindre effort. Adieu, adieu, Bachelier.

ROSINE, *au Comte.*

Un moment, de grâce ! *(A Bartholo.)* Je croirai, Monsieur, que vous n'aimez pas à m'obliger si vous m'empêchez de vous prouver mes regrets en prenant ma leçon.

LE COMTE, *à part, à Bartholo.*

Ne la contrariez pas, si vous m'en croyez.

BARTHOLO

Voilà qui est fini, mon amoureuse. Je suis si loin de chercher à te déplaire, que je veux rester là tout le temps que tu vas étudier.

ROSINE

Non, Monsieur : je sais que la musique n'a nul attrait pour vous.

BARTHOLO

Je t'assure que ce soir elle m'enchantera.

ROSINE, *au Comte, à part.*

Je suis au supplice.

LE COMTE, ***prenant un papier de musique sur le pupitre.***

Est-ce là ce que vous voulez chanter, Madame ?

ROSINE

Oui, c'est un morceau très agréable de la *Précaution inutile.*

BARTHOLO

Toujours la *Précaution inutile ?*

LE COMTE

C'est ce qu'il y a de plus nouveau aujourd'hui. C'est une image du Printemps, d'un genre assez vif. Si Madame veut l'essayer...

ROSINE, *regardant le Comte.*

Avec grand plaisir : un tableau du Printemps me ravit ; c'est la jeunesse de la nature. Au sortir de l'Hiver, il semble que le cœur acquière un plus haut degré de sensibilité : comme un esclave enfermé depuis longtemps goûte avec plus de plaisir le charme de la liberté qui vient de lui être offerte.

BARTHOLO, *bas, au Comte.*

Toujours des idées romanesques en tête.

LE COMTE, *bas.*

Et sentez-vous l'application ?

BARTHOLO

Parbleu ! *(Il va s'asseoir dans le fauteuil qu'a occupé Rosine.)*

ROSINE *chante*[42] :

Quand, dans la plaine,
L'amour ramène
Le Printemps
Si chéri des amants,

Tout reprend l'être,
Son feu pénètre
Dans les fleurs,
Et dans les jeunes cœurs.
On voit les troupeaux
Sortir des hameaux ;
Dans tous les coteaux,
Les cris des agneaux
Retentissent ;
Ils bondissent ;
Tout fermente,
Tout augmente ;
Les brebis paissent
Les fleurs qui naissent ;
Les chiens fidèles
Veillent sur elles ;
Mais Lindor, enflammé,
Ne songe guère
Qu'au bonheur d'être aimé
De sa bergère.

MÊME AIR

Loin de sa mère,
Cette Bergère
Va chantant,
Où son amant l'attend ;
Par cette ruse
L'amour l'abuse ;
Mais chanter,
Sauve-t-il du danger ?
Les doux chalumeaux,
Les chants des oiseaux,
Ses charmes naissants,
Ses quinze ou seize ans,
Tout l'excite,
Tout l'agite ;
La pauvrette
S'inquiète ;
De sa retraite,
Lindor la guette ;
Elle s'avance ;
Lindor s'élance ;
Il vient de l'embrasser :

Elle, bien aise,
Feint de se courroucer,
Pour qu'on l'apaise.

PETITE REPRISE

Les soupirs
Les soins, les promesses,
Les vives tendresses,
Les plaisirs,
Le fin badinage,
Sont mis en usage ;
Et bientôt la Bergère
Ne sent plus de colère.
Si quelque jaloux
Trouble un bien si doux,
Nos amants, d'accord,
Ont un soin extrême
De voiler leur transport ;
Mais quand on s'aime,
La gêne ajoute encor
Au plaisir même.

(En l'écoutant, Bartholo s'est assoupi. Le Comte, pendant la petite reprise, se hasarde à prendre une main qu'il couvre de baisers. L'émotion ralentit le chant de Rosine, l'affaiblit, et finit même par lui couper la voix au milieu de la cadence, au mot extrême. *L'orchestre suit le mouvement de la Chanteuse, affaiblit son jeu et se tait avec elle. L'absence du bruit qui avait endormi Bartholo, le réveille. Le Comte se relève, Rosine et l'Orchestre reprennent subitement la suite de l'air. Si la petite reprise se répète, le même jeu recommence, etc.)*

LE COMTE

En vérité, c'est un morceau charmant, et Madame l'exécute avec une intelligence...

ROSINE

Vous me flattez, Seigneur ; la gloire est tout entière au Maître.

BARTHOLO, *bâillant.*

Moi, je crois que j'ai un peu dormi pendant le morceau charmant. J'ai mes malades. Je vas, je viens, je toupille[43], et sitôt que je m'assieds, mes pauvres jambes… *(Il se lève et pousse le fauteuil.)*

ROSINE, *bas, au Comte.*

Figaro ne vient point !

LE COMTE

Filons le temps.

BARTHOLO

Mais, Bachelier, je l'ai déjà dit à ce vieux Bazile : est-ce qu'il n'y aurait pas moyen de lui faire étudier des choses plus gaies que toutes ces grandes arias, qui vont en haut, en bas, en roulant, hi, ho, a, a, a, a, et qui me semblent autant d'enterrements ? Là, de ces petits airs qu'on chantait dans ma jeunesse, et que chacun retenait facilement. J'en savais autrefois… Par exemple… *(Pendant la ritournelle, il cherche en se grattant la tête et chante en faisant claquer ses pouces et dansant des genoux comme les vieillards.)*

Veux-tu, ma Rosinette,
Faire emplette
Du Roi des Maris ?…

(Au Comte, en riant.) Il y a Fanchonnette dans la chanson ; mais j'y ai subsisté Rosinette, pour la lui rendre plus agréable et la faire cadrer aux circonstances. Ah, ah, ah, ah ! Fort bien ! pas vrai ?

LE COMTE, *riant.*

Ah ! ah, ah ! Oui, tout au mieux.

SCÈNE V

FIGARO, *dans le fond ;*
ROSINE, BARTHOLO, LE COMTE.

BARTHOLO *chante :*

Veux-tu, ma Rosinette,
Faire emplette
Du Roi des Maris ?
Je ne suis point Tircis ;
Mais la nuit, dans l'ombre,
Je vaux encor mon prix ;
Et quand il fait sombre,
Les plus beaux chants sont gris.

(Il répète la reprise en dansant. Figaro, derrière lui, imite ses mouvements.)

Je ne suis point Tircis, etc.

(Apercevant Figaro.) Ah ! Entrez, Monsieur le Barbier ; avancez, vous êtes charmant !

FIGARO *salue.*

Monsieur, il est vrai que ma mère me l'a dit autrefois ; mais je suis un peu déformé depuis ce temps-là. *(A part, au Comte.)* Bravo, Monseigneur ! *(Pendant toute cette Scène, le Comte fait ce qu'il peut pour parler à Rosine, mais l'œil inquiet et vigilant du Tuteur l'en empêche toujours, ce qui forme un jeu muet de tous les Acteurs, étranger au débat du Docteur et de Figaro.)*

BARTHOLO

Venez-vous purger encore, saigner, droguer, mettre sur le grabat toute ma maison ?

FIGARO

Monsieur, il n'est pas tous les jours fête ; mais, sans compter les soins quotidiens, Monsieur a pu voir que, lorsqu'ils en ont besoin, mon zèle n'attend pas qu'on lui commande...

BARTHOLO

Votre zèle n'attend pas ! Que direz-vous, Monsieur le zélé, à ce malheureux qui bâille et dort tout éveillé ? Et l'autre qui, depuis trois heures, éternue à se faire sauter le crâne et jaillir la cervelle ! que leur direz-vous ?

FIGARO

Ce que je leur dirai ?

BARTHOLO

Oui !

FIGARO

Je leur dirai... Eh, parbleu ! je dirai à celui qui éternue, « Dieu vous bénisse » et « va te coucher » à celui qui bâille. Ce n'est pas cela, Monsieur, qui grossira le mémoire.

BARTHOLO

Vraiment non, mais c'est la saignée et les médicaments qui le grossiraient, si je voulais y entendre. Est-ce par zèle aussi que vous avez empaqueté les yeux de ma mule, et votre cataplasme lui rendra-t-il la vue ?

FIGARO

S'il ne lui rend pas la vue, ce n'est pas cela non plus qui l'empêchera d'y voir.

BARTHOLO

Que je le trouve sur le mémoire !... On n'est pas de cette extravagance-là !

FIGARO

Ma foi, Monsieur, les hommes n'ayant guère à choisir qu'entre la sottise et la folie, où je ne vois pas de profit, je veux au moins du plaisir ; et vive la joie ! Qui sait si le monde durera encore trois semaines ?

BARTHOLO

Vous feriez bien mieux, Monsieur le raisonneur, de me payer mes cent écus et les intérêts sans lanterner, je vous en avertis.

FIGARO

Doutez-vous de ma probité, Monsieur ? Vos cent écus ! j'aimerais mieux vous les devoir toute ma vie que de les nier un seul instant.

BARTHOLO

Et dites-moi un peu comment la petite Figaro a trouvé les bonbons que vous lui avez portés ?

FIGARO

Quels bonbons ? que voulez-vous dire ?

BARTHOLO

Oui, ces bonbons, dans ce cornet fait avec cette feuille de papier à lettre, ce matin.

FIGARO

Diable emporte si...

ROSINE, *l'interrompant.*

Avez-vous eu soin au moins de les lui donner de ma part, Monsieur Figaro ? Je vous l'avais recommandé.

FIGARO

Ah ! ah ! Les bonbons de ce matin ? Que je suis bête, moi ! j'avais perdu tout cela de vue… Oh ! excellents, Madame, admirables !

BARTHOLO

Excellents ! Admirables ! Oui sans doute. Monsieur le Barbier, revenez sur vos pas ! Vous faites là un joli métier, Monsieur !

FIGARO

Qu'est-ce qu'il a donc, Monsieur ?

BARTHOLO

Et qui vous fera une belle réputation, Monsieur !

FIGARO

Je la soutiendrai, Monsieur !

BARTHOLO

Dites que vous la supporterez, Monsieur !

FIGARO

Comme il vous plaira, Monsieur !

BARTHOLO

Vous le prenez bien haut, Monsieur ! Sachez que quand je dispute avec un fat, je ne lui cède jamais.

FIGARO *lui tourne le dos.*

Nous différons en cela, Monsieur ! moi je lui cède toujours.

BARTHOLO

Hein ? qu'est-ce qu'il dit donc, Bachelier ?

FIGARO

C'est que vous croyez avoir affaire à quelque Barbier de village, et qui ne sait manier que le rasoir ? Apprenez, Monsieur, que j'ai travaillé de la plume à Madrid et que sans les envieux...

BARTHOLO

Eh ! que n'y restiez-vous, sans venir ici changer de profession ?

FIGARO

On fait comme on peut ; mettez-vous à ma place.

BARTHOLO

Me mettre à votre place ! Ah ! parbleu, je dirais de belles sottises !

FIGARO

Monsieur, vous ne commencez pas trop mal ; je m'en rapporte à votre confrère qui est là rêvassant...

LE COMTE, *revenant à lui.*

Je... je ne suis pas le confrère de Monsieur.

FIGARO

Non ? Vous voyant ici à consulter, j'ai pensé que vous poursuiviez le même objet.

BARTHOLO, *en colère.*

Enfin, quel sujet vous amène ? Y a-t-il quelque lettre à remettre encore ce soir à Madame ? Parlez, faut-il que je me retire ?

FIGARO

Comme vous rudoyez le pauvre monde ! Eh ! parbleu, Monsieur, je viens vous raser, voilà tout : n'est-ce pas aujourd'hui votre jour ?

BARTHOLO

Vous reviendrez tantôt.

FIGARO

Ah ! oui, revenir ! Toute la Garnison prend médecine demain matin ; j'en ai obtenu l'entreprise par mes protections. Jugez donc comme j'ai du temps à perdre ! Monsieur passe-t-il chez lui ?

BARTHOLO

Non, Monsieur ne passe point chez lui. Eh mais... qui empêche qu'on ne me rase ici ?

ROSINE, *avec dédain.*

Vous êtes honnête ! Et pourquoi pas dans mon appartement ?

BARTHOLO

Tu te fâches ! Pardon, mon enfant, tu vas achever de prendre ta leçon ! c'est pour ne pas perdre un instant le plaisir de t'entendre.

FIGARO, *bas, au Comte.*

On ne le tirera pas d'ici ! *(Haut.)* Allons, L'Éveillé, La Jeunesse ; le bassin, de l'eau, tout ce qu'il faut à Monsieur.

BARTHOLO

Sans doute, appelez-les ! Fatigués, harassés, moulus de votre façon, n'a-t-il pas fallu les faire coucher ?

FIGARO

Eh bien ! j'irai tout chercher, n'est-ce pas, dans votre chambre ? *(Bas, au Comte.)* Je vais l'attirer dehors.

BARTHOLO *détache son trousseau de clefs, et dit par réflexion :*

Non, non, j'y vais moi-même. *(Bas, au Comte, en s'en allant.)* Ayez les yeux sur eux, je vous prie.

SCÈNE VI

FIGARO, LE COMTE, ROSINE

FIGARO

Ah ! que nous l'avons manqué belle[44] ! il allait me donner le trousseau. La clef de la jalousie n'y est-elle pas ?

ROSINE

C'est la plus neuve de toutes.

SCÈNE VII

FIGARO, LE COMTE, ROSINE, BARTHOLO, *revenant.*

BARTHOLO, *à part.*

Bon ! je ne sais ce que je fais de laisser ici ce maudit Barbier. *(A Figaro.)* Tenez. *(Il lui donne le trousseau.)*

Dans mon cabinet, sous mon bureau ; mais ne touchez à rien.

FIGARO

La peste ! il y ferait bon, méfiant comme vous êtes ! *(A part, en s'en allant.)* Voyez comme le Ciel protège l'innocence !

SCÈNE VIII

BARTHOLO, LE COMTE, ROSINE

BARTHOLO, *bas, au Comte.*

C'est le drôle qui a porté la lettre au Comte.

LE COMTE, *bas.*

Il m'a l'air d'un fripon.

BARTHOLO

Il ne m'attrapera plus.

LE COMTE

Je crois qu'à cet égard le plus fort est fait.

BARTHOLO

Tout considéré, j'ai pensé qu'il était plus prudent de l'envoyer dans ma chambre que de le laisser avec elle.

LE COMTE

Ils n'auraient pas dit un mot que je n'eusse été en tiers.

ROSINE

Il est bien poli, Messieurs, de parler bas sans cesse ! Et ma leçon ? *(Ici l'on entend un bruit, comme de la vaisselle renversée.)*

BARTHOLO, *criant.*

Qu'est-ce que j'entends donc ! Le cruel Barbier aura tout laissé tomber dans l'escalier, et les plus belles pièces de mon nécessaire !... *(Il court dehors.)*

SCÈNE IX

LE COMTE, ROSINE

LE COMTE

Profitons du moment que l'intelligence de Figaro nous ménage. Accordez-moi, ce soir, je vous en conjure, Madame, un moment d'entretien indispensable pour vous soustraire à l'esclavage où vous allez tomber.

ROSINE

Ah, Lindor !

LE COMTE

Je puis monter à votre jalousie ; et quant à la lettre que j'ai reçue de vous ce matin, je me suis vu forcé...

SCÈNE X

ROSINE, BARTHOLO, FIGARO, LE COMTE

BARTHOLO

Je ne m'étais pas trompé ; tout est brisé, fracassé.

FIGARO

Voyez le grand malheur pour tant de train ! On ne voit goutte sur l'escalier. *(Il montre la clef au Comte.)* Moi, en montant, j'ai accroché une clef...

BARTHOLO

On prend garde à ce qu'on fait. Accrocher une clef ! L'habile homme !

FIGARO

Ma foi, Monsieur, cherchez-en un plus subtil.

SCÈNE XI

LES ACTEURS PRÉCÉDENTS, DON BAZILE

ROSINE, *effrayée, à part.*

Don Bazile !...

LE COMTE, *à part.*

Juste Ciel !

FIGARO, *à part.*

C'est le Diable !

BARTHOLO *va au-devant de lui.*

Ah ! Bazile, mon ami, soyez le bien rétabli. Votre accident n'a donc point eu de suites ? En vérité, le Seigneur Alonzo m'avait fort effrayé sur votre état ; demandez-lui, je partais pour aller vous voir ; et s'il ne m'avait point retenu...

BAZILE, *étonné.*

Le Seigneur Alonzo ?

FIGARO *frappe du pied.*

Eh quoi ! toujours des accrocs ? Deux heures pour une méchante barbe... Chienne de pratique !

BAZILE, *regardant tout le monde.*

Me ferez-vous bien le plaisir de me dire, Messieurs ?...

FIGARO

Vous lui parlerez quand je serai parti.

BAZILE

Mais encore faudrait-il...

LE COMTE

Il faudrait vous taire, Bazile. Croyez-vous apprendre à Monsieur quelque chose qu'il ignore ? Je lui ai raconté que vous m'aviez chargé de venir donner une leçon de musique à votre place.

BAZILE, *plus étonné.*

La leçon de musique !... Alonzo !...

ROSINE, *à part, à Bazile.*

Eh ! taisez-vous.

BAZILE

Elle aussi !

LE COMTE, *bas, à Bartholo.*

Dites-lui donc tout bas que nous en sommes convenus.

BARTHOLO, *à Bazile, à part.*

N'allez pas nous démentir, Bazile, en disant qu'il n'est pas votre élève ; vous gâteriez tout.

BAZILE

Ah ! ah !

BARTHOLO, *haut.*

En vérité, Bazile, on n'a pas plus de talent que votre élève.

BAZILE, *stupéfait.*

Que mon élève !... *(Bas.)* Je venais pour vous dire que le Comte est déménagé.

BARTHOLO, *bas.*

Je le sais, taisez-vous.

BAZILE, *bas.*

Qui vous l'a dit ?

BARTHOLO, *bas.*

Lui, apparemment !

LE COMTE, *bas.*

Moi, sans doute : écoutez seulement.

ROSINE, *bas, à Bazile.*

Est-il si difficile de vous taire ?

FIGARO, *bas, à Bazile.*

Hum ! Grand escogriffe ! Il est sourd !

BAZILE, *à part.*

Qui diable est-ce donc qu'on trompe ici ? Tout le monde est dans le secret !

BARTHOLO, *haut.*

Eh bien, Bazile, votre homme de Loi ?...

FIGARO

Vous avez toute la soirée pour parler de l'homme de Loi.

BARTHOLO, *à Bazile.*

Un mot ; dites-moi seulement si vous êtes content de l'homme de Loi ?

BAZILE, *effaré.*

De l'homme de Loi ?

LE COMTE, *souriant.*

Vous ne l'avez pas vu, l'homme de Loi ?

BAZILE, *impatient.*

Eh ! non, je ne l'ai pas vu, l'homme de Loi.

LE COMTE, *à Bartholo, à part.*

Voulez-vous donc qu'il s'explique ici devant elle ? Renvoyez-le.

BARTHOLO, *bas, au Comte.*

Vous avez raison. *(A Bazile.)* Mais quel mal vous a donc pris si subitement ?

BAZILE, *en colère.*

Je ne vous entends pas.

LE COMTE *lui met, à part, une bourse dans la main.*

Oui, Monsieur vous demande ce que vous venez faire ici, dans l'état d'indisposition où vous êtes ?

FIGARO

Il est pâle comme un mort !

BAZILE

Ah ! je comprends...

LE COMTE

Allez vous coucher, mon cher Bazile : vous n'êtes pas bien, et vous nous faites mourir de frayeur. Allez vous coucher.

FIGARO

Il a la physionomie toute renversée. Allez vous coucher.

BARTHOLO

D'honneur, il sent la fièvre d'une lieue. Allez vous coucher.

ROSINE

Pourquoi donc êtes-vous sorti ? On dit que cela se gagne. Allez vous coucher.

BAZILE, *au dernier étonnement.*

Que j'aille me coucher !

TOUS LES ACTEURS ENSEMBLE

Eh ! sans doute.

BAZILE, *les regardant tous.*

En effet, Messieurs, je crois que je ne ferai pas mal de me retirer ; je sens que je ne suis pas ici dans mon assiette ordinaire.

BARTHOLO

A demain, toujours, si vous êtes mieux.

LE COMTE

Bazile ! je serai chez vous de très bonne heure.

FIGARO

Croyez-moi, tenez-vous bien chaudement dans votre lit.

ROSINE

Bonsoir, Monsieur Bazile.

BAZILE, *à part.*

Diable emporte si j'y comprends rien ; et sans cette bourse...

TOUS

Bonsoir, Bazile, bonsoir.

BAZILE, *en s'en allant.*

Eh bien ! bonsoir donc, bonsoir. *(Ils l'accompagnent tous en riant.)*

SCÈNE XII

LES ACTEURS PRÉCÉDENTS, *excepté* BAZILE

BARTHOLO, *d'un ton important.*

Cet homme-là n'est pas bien du tout.

ROSINE

Il a les yeux égarés.

LE COMTE

Le grand air l'aura saisi.

FIGARO

Avez-vous vu comme il parlait tout seul ? Ce que c'est que de nous ! *(A Bartholo.)* Ah çà, vous décidez-vous, cette fois ? *(Il lui pousse un fauteuil très loin du Comte, et lui présente le linge.)*

LE COMTE

Avant de finir, Madame, je dois vous dire un mot essentiel au progrès de l'art que j'ai l'honneur de vous enseigner. *(Il s'approche et lui parle bas à l'oreille.)*

BARTHOLO, *à Figaro.*

Eh mais ! il semble que vous le fassiez exprès de vous approcher, et de vous mettre devant moi, pour m'empêcher de voir...

LE COMTE, *bas, à Rosine.*

Nous avons la clef de la jalousie, et nous serons ici à minuit.

FIGARO *passe le linge au cou de Bartholo.*

Quoi voir ? Si c'était une leçon de danse, on vous passerait d'y regarder ; mais du chant... Ahi, ahi !

BARTHOLO

Qu'est-ce que c'est ?

FIGARO

Je ne sais ce qui m'est entré dans l'œil. *(Il rapproche sa tête.)*

BARTHOLO

Ne frottez donc pas.

FIGARO

C'est le gauche. Voudriez-vous me faire le plaisir d'y souffler un peu fort ?

Bartholo prend la tête de Figaro, regarde par-dessus, le pousse violemment et va derrière les Amants écouter leur conversation.

LE COMTE, *bas, à Rosine.*

Et quant à votre lettre, je me suis trouvé tantôt dans un tel embarras pour rester ici...

FIGARO, *de loin, pour avertir.*

Hem !... hem !...

LE COMTE

Désolé de voir encore mon déguisement inutile...

BARTHOLO, *passant entre deux.*

Votre déguisement inutile !

ROSINE, *effrayée.*

Ah !...

BARTHOLO

Fort bien, Madame, ne vous gênez pas. Comment ! sous mes yeux mêmes, en ma présence, on m'ose outrager de la sorte !

LE COMTE

Qu'avez-vous donc, Seigneur ?

BARTHOLO

Perfide Alonzo !

LE COMTE

Seigneur Bartholo, si vous avez souvent des lubies comme celle dont le hasard me rend témoin, je ne suis plus étonné de l'éloignement que Mademoiselle a pour devenir votre femme.

ROSINE

Sa femme ! Moi ! Passer mes jours auprès d'un vieux jaloux, qui, pour tout bonheur, offre à ma jeunesse un esclavage abominable !

BARTHOLO

Ah ! qu'est-ce que j'entends !

ROSINE

Oui, je le dis tout haut : je donnerai mon cœur et ma main à celui qui pourra m'arracher de cette horrible prison, où ma personne et mon bien sont retenus contre toute justice. *(Rosine sort.)*

SCÈNE XIII

BARTHOLO, FIGARO, LE COMTE

BARTHOLO

La colère me suffoque.

LE COMTE

En effet, Seigneur, il est difficile qu'une jeune femme…

FIGARO

Oui, une jeune femme, et un grand âge ; voilà ce qui trouble la tête d'un vieillard.

BARTHOLO

Comment ! lorsque je les prends sur le fait ! Maudit Barbier ! il me prend des envies…

FIGARO

Je me retire, il est fou.

LE COMTE

Et moi aussi ; d'honneur, il est fou.

FIGARO

Il est fou, il est fou… *(Ils sortent.)*

SCÈNE XIV

BARTHOLO, *seul, les poursuit.*

Je suis fou ! Infâmes suborneurs ! émissaires du Diable, dont vous faites ici l'office, et qui puisse vous emporter tous !... Je suis fou !... Je les ai vus comme je vois ce pupitre... et me soutenir effrontément !... Ah ! il n'y a que Bazile qui puisse m'expliquer ceci. Oui, envoyons-le chercher. Holà, quelqu'un !... Ah ! j'oublie que je n'ai personne... Un voisin, le premier venu, n'importe. Il y a de quoi perdre l'esprit ! il y a de quoi perdre l'esprit !

Pendant l'Entr'acte, le Théâtre s'obscurcit ;
on entend un bruit d'orage,
et l'Orchestre joue celui qui est gravé
dans le Recueil de la Musique du Barbier.

ACTE IV

Le Théâtre est obscur.

SCÈNE PREMIÈRE

BARTHOLO,
DON BAZILE, *une lanterne de papier à la main.*

BARTHOLO

Comment Bazile, vous ne le connaissez pas ? ce que vous dites est-il possible ?

BAZILE

Vous m'interrogeriez cent fois, que je vous ferais toujours la même réponse. S'il vous a remis la lettre de Rosine, c'est sans doute un des émissaires du Comte. Mais, à la magnificence du présent qu'il m'a fait, il se pourrait que ce fût le Comte lui-même.

BARTHOLO

A propos de ce présent, eh ! pourquoi l'avez-vous reçu ?

BAZILE

Vous aviez l'air d'accord ; je n'y entendais rien ; et dans les cas difficiles à juger, une bourse d'or me paraît toujours un argument sans réplique. Et puis, comme dit le proverbe, ce qui est bon à prendre...

BARTHOLO

J'entends, est bon...

BAZILE

A garder.

BARTHOLO, *surpris.*

Ah ! ah !

BAZILE

Oui, j'ai arrangé comme cela plusieurs petits proverbes avec des variations. Mais, allons au fait : à quoi vous arrêtez-vous ?

BARTHOLO

En ma place, Bazile, ne feriez-vous pas les derniers efforts pour la posséder ?

BAZILE

Ma foi non, Docteur. En toute espèce de biens, posséder est peu de chose ; c'est jouir qui rend heureux : mon avis est qu'épouser une femme dont on n'est point aimé, c'est s'exposer...

BARTHOLO

Vous craindriez les accidents ?

BAZILE

Hé ! hé ! Monsieur... on en voit beaucoup, cette année. Je ne ferais point violence à son cœur.

BARTHOLO

Votre valet, Bazile. Il vaut mieux qu'elle pleure de m'avoir, que moi je meure de ne l'avoir pas.

BAZILE

Il y va de la vie ? Épousez, Docteur, épousez.

BARTHOLO

Ainsi ferai-je, et cette nuit même.

BAZILE

Adieu donc. — Souvenez-vous, en parlant à la Pupille, de les rendre tous plus noirs que l'enfer.

BARTHOLO

Vous avez raison.

BAZILE

La calomnie, Docteur, la calomnie. Il faut toujours en venir là.

BARTHOLO

Voici la lettre de Rosine, que cet Alonzo m'a remise ; et il m'a montré, sans le vouloir, l'usage que j'en dois faire auprès d'elle.

BAZILE

Adieu : nous serons tous ici à quatre heures.

BARTHOLO

Pourquoi pas plus tôt ?

BAZILE

Impossible : le Notaire est retenu.

BARTHOLO

Pour un mariage.

BAZILE

Oui, chez le Barbier Figaro ; c'est sa nièce qu'il marie.

BARTHOLO

Sa nièce ? il n'en a pas.

BAZILE

Voilà ce qu'ils ont dit au Notaire.

BARTHOLO

Ce drôle est du complot, que diable !

BAZILE

Est-ce que vous penseriez ?...

BARTHOLO

Ma foi, ces gens-là sont si alertes ! Tenez, mon ami, je ne suis pas tranquille. Retournez chez le Notaire. Qu'il vienne ici sur-le-champ avec vous.

BAZILE

Il pleut, il fait un temps du diable ; mais rien ne m'arrête pour vous servir. Que faites-vous donc ?

BARTHOLO

Je vous reconduis : n'ont-ils pas fait estropier tout mon monde par ce Figaro ! Je suis seul ici.

BAZILE

J'ai ma lanterne.

BARTHOLO

Tenez, Bazile, voilà mon passe-partout, je vous attends, je veille ; et vienne qui voudra, hors le Notaire et vous, personne n'entrera dans la nuit.

BAZILE

Avec ces précautions, vous êtes sûr de votre fait.

SCÈNE II

ROSINE, *seule, sortant de sa chambre.*

Il me semblait avoir entendu parler. Il est minuit sonné ; Lindor ne vient point ! Ce mauvais temps même était propre à le favoriser. Sûr de ne rencontrer personne... Ah ! Lindor ! si vous m'aviez trompée ! Quel bruit entends-je ?... Dieux ! c'est mon Tuteur. Rentrons.

SCÈNE III

ROSINE, BARTHOLO

BARTHOLO *rentre avec de la lumière.*

Ah ! Rosine, puisque vous n'êtes pas encore rentrée dans votre appartement...

ROSINE

Je vais me retirer.

BARTHOLO

Par le temps affreux qu'il fait, vous ne reposerez pas, et j'ai des choses très pressées à vous dire.

ROSINE

Que me voulez-vous, Monsieur ? N'est-ce donc pas assez d'être tourmentée le jour ?

BARTHOLO

Rosine, écoutez-moi.

ROSINE

Demain je vous entendrai.

BARTHOLO

Un moment, de grâce.

ROSINE

S'il allait venir !

BARTHOLO *lui montre sa lettre.*

Connaissez-vous cette lettre ?

ROSINE *la reconnaît.*

Ah ! grands Dieux !...

BARTHOLO

Mon intention, Rosine, n'est point de vous faire de reproches : à votre âge on peut s'égarer ; mais je suis votre ami, écoutez-moi.

ROSINE

Je n'en puis plus.

BARTHOLO

Cette lettre que vous avez écrite au Comte Almaviva...

ROSINE, *étonnée.*

Au Comte Almaviva !

BARTHOLO

Voyez quel homme affreux est ce Comte : aussitôt qu'il l'a reçue, il en a fait trophée ; je la tiens d'une femme à qui il l'a sacrifiée.

ROSINE

Le Comte Almaviva !...

BARTHOLO

Vous avez peine à vous persuader cette horreur. L'inexpérience, Rosine, rend votre sexe confiant et crédule ; mais apprenez dans quel piège on vous attirait. Cette femme m'a fait donner avis de tout, apparemment pour écarter une rivale aussi dangereuse que vous. J'en frémis ! le plus abominable complot entre Almaviva, Figaro et cet Alonzo, cet élève supposé de Bazile, qui porte un autre nom et n'est que le vil agent du Comte, allait vous entraîner dans un abîme dont rien n'eût pu vous tirer.

ROSINE, *accablée.*

Quelle horreur !... quoi Lindor !... quoi ce jeune homme !...

BARTHOLO, *à part.*

Ah ! c'est Lindor.

ROSINE

C'est pour le Comte Almaviva... C'est pour un autre...

BARTHOLO

Voilà ce qu'on m'a dit en me remettant votre lettre.

ROSINE, *outrée.*

Ah ! quelle indignité !... Il en sera puni. — Monsieur, vous avez désiré de m'épouser ?

BARTHOLO

Tu connais la vivacité de mes sentiments.

ROSINE

S'il peut vous en rester encore, je suis à vous.

BARTHOLO

Eh bien ! le Notaire viendra cette nuit même.

ROSINE

Ce n'est pas tout ; ô Ciel ! suis-je assez humiliée !... Apprenez que dans peu le perfide ose entrer par cette jalousie, dont ils ont eu l'art de vous dérober la clef.

BARTHOLO, *regardant au trousseau.*

Ah ! les scélérats ! Mon enfant, je ne te quitte plus.

ROSINE, *avec effroi.*

Ah ! Monsieur, et s'ils sont armés ?

BARTHOLO

Tu as raison ; je perdrais ma vengeance. Monte chez Marceline : enferme-toi chez elle à double tour. Je vais chercher main-forte, et l'attendre auprès de la maison.

Arrêté comme voleur, nous aurons le plaisir d'en être à la fois vengés et délivrés ! Et compte que mon amour te dédommagera...

ROSINE, *au désespoir.*

Oubliez seulement mon erreur. *(A part.)* Ah, je m'en punis assez !

BARTHOLO, *s'en allant.*

Allons nous embusquer. A la fin je la tiens. *(Il sort.)*

SCÈNE IV

ROSINE, *seule.*

Son amour me dédommagera !... Malheureuse !... *(Elle tire son mouchoir, et s'abandonne aux larmes.)* Que faire ?... Il va venir. Je veux rester, et feindre avec lui, pour le contempler un moment dans toute sa noirceur. La bassesse de son procédé sera mon préservatif... Ah ! j'en ai grand besoin. Figure noble ! air doux ! une voix si tendre !... et ce n'est que le vil agent d'un corrupteur ! Ah, malheureuse ! malheureuse !... Ciel ! on ouvre la jalousie ! *(Elle se sauve.)*

SCÈNE V

LE COMTE, FIGARO, *enveloppé d'un manteau, paraît à la fenêtre.*

FIGARO *parle en dehors.*

Quelqu'un s'enfuit ; entrerai-je ?

LE COMTE, *en dehors.*

Un homme ?

FIGARO

Non.

FIGARO

C'est Rosine que ta figure atroce aura mise en fuite.

FIGARO *saute dans la chambre.*

Ma foi, je le crois... Nous voici enfin arrivés, malgré la pluie, la foudre et les éclairs.

LE COMTE, *enveloppé d'un long manteau.*

Donne-moi la main. *(Il saute à son tour.)* A nous la victoire !

FIGARO *jette son manteau.*

Nous sommes tout percés. Charmant temps pour aller en bonne fortune ! Monseigneur, comment trouvez-vous cette nuit ?

LE COMTE

Superbe pour un amant.

FIGARO

Oui, mais pour un confident ?... Et si quelqu'un allait nous surprendre ici ?

LE COMTE

N'es-tu pas avec moi ? J'ai bien une autre inquiétude : c'est de la déterminer à quitter sur-le-champ la maison du Tuteur.

FIGARO

Vous avez pour vous trois passions toutes-puissantes sur le beau sexe : l'amour, la haine, et la crainte.

LE COMTE *regarde dans l'obscurité.*

Comment lui annoncer brusquement que le Notaire l'attend chez toi pour nous unir ? Elle trouvera mon projet bien hardi. Elle va me nommer audacieux.

FIGARO

Si elle vous nomme audacieux, vous l'appellerez cruelle. Les femmes aiment beaucoup qu'on les appelle cruelles. Au surplus, si son amour est tel que vous le désirez, vous lui direz qui vous êtes ; elle ne doutera plus de vos sentiments.

SCÈNE VI

LE COMTE, ROSINE, FIGARO

Figaro allume toutes les bougies qui sont sur la table.

LE COMTE

La voici. — Ma belle Rosine !...

ROSINE*, d'un ton très composé.*

Je commençais, Monsieur, à craindre que vous ne vinssiez pas.

LE COMTE

Charmante inquiétude !... Mademoiselle, il ne me convient point d'abuser des circonstances pour vous proposer de partager le sort d'un infortuné ; mais, quelque asile que vous choisissiez, je jure mon honneur…

ROSINE

Monsieur, si le don de ma main n'avait pas dû suivre à l'instant celui de mon cœur, vous ne seriez pas ici. Que la nécessité justifie à vos yeux ce que cette entrevue a d'irrégulier !

LE COMTE

Vous, Rosine ! la compagne d'un malheureux ! sans fortune, sans naissance !…

ROSINE

La naissance, la fortune ! Laissons là les jeux du hasard, et si vous m'assurez que vos intentions sont pures…

LE COMTE, *à ses pieds.*

Ah ! Rosine, je vous adore !…

ROSINE, *indignée.*

Arrêtez, malheureux !… vous osez profaner !… Tu m'adores !… Va ! tu n'es plus dangereux pour moi ; j'attendais ce mot pour te détester. Mais avant de t'abandonner au remords qui t'attend, *(en pleurant)* apprends que je t'aimais ; apprends que je faisais mon bonheur de partager ton mauvais sort. Misérable Lindor ! j'allais tout quitter pour te suivre. Mais le lâche abus que tu as fait de mes bontés, et l'indignité de cet affreux Comte Almaviva, à qui tu me vendais, ont fait rentrer dans mes mains ce témoignage de ma faiblesse. Connais-tu cette lettre ?

LE COMTE, *vivement.*

Que votre Tuteur vous a remise ?

ROSINE, *fièrement.*

Oui, je lui en ai l'obligation.

LE COMTE

Dieux, que je suis heureux ! Il la tient de moi. Dans mon embarras, hier, je m'en servis pour arracher sa confiance, et je n'ai pu trouver l'instant de vous en informer. Ah, Rosine ! Il est donc vrai que vous m'aimiez véritablement !...

FIGARO

Monseigneur, vous cherchiez une femme qui vous aimât pour vous-même...

ROSINE

Monseigneur ! que dit-il ?

LE COMTE, *jetant son large manteau, paraît en habit magnifique.*

O la plus aimée des femmes ! il n'est plus temps de vous abuser : l'heureux homme que vous voyez à vos pieds n'est point Lindor ; je suis le Comte Almaviva, qui meurt d'amour et vous cherche en vain depuis six mois.

ROSINE *tombe dans les bras du Comte.*

Ah !...

LE COMTE, *effrayé.*

Figaro ?

FIGARO

Point d'inquiétude, Monseigneur ; la douce émotion de la joie n'a jamais de suites fâcheuses ; la voilà, la voilà qui reprend ses sens ; morbleu qu'elle est belle !

ROSINE

Ah ! Lindor !... Ah Monsieur ! que je suis coupable ! j'allais me donner cette nuit même à mon Tuteur.

LE COMTE

Vous, Rosine !

ROSINE

Ne voyez que ma punition ! j'aurais passé ma vie à vous détester. Ah Lindor ! le plus affreux supplice n'est-il pas de haïr, quand on sent qu'on est faite pour aimer ?

FIGARO *regarde à la fenêtre.*

Monseigneur, le retour est fermé ; l'échelle est enlevée.

LE COMTE

Enlevée !

ROSINE, *troublée.*

Oui, c'est moi... c'est le Docteur. Voilà le fruit de ma crédulité. Il m'a trompée. J'ai tout avoué, tout trahi : il sait que vous êtes ici, et va venir avec main-forte.

FIGARO *regarde encore.*

Monseigneur ! on ouvre la porte de la rue.

ROSINE, *courant dans les bras du Comte, avec frayeur.*

Ah Lindor !...

LE COMTE, *avec fermeté.*

Rosine, vous m'aimez. Je ne crains personne ; et vous serez ma femme. J'aurai donc le plaisir de punir à mon gré l'odieux vieillard !...

ROSINE

Non, non, grâce pour lui, cher Lindor ! Mon cœur est si plcin, que la vengeance ne peut y trouver place.

SCÈNE VII

LE NOTAIRE, DON BAZILE, LES ACTEURS PRÉCÉDENTS

FIGARO

Monseigneur, c'est notre Notaire.

LE COMTE

Et l'ami Bazile avec lui !

BAZILE

Ah ! qu'est-ce que j'aperçois ?

FIGARO

Eh ! par quel hasard, notre ami...

BAZILE

Par quel accident, Messieurs...

LE NOTAIRE

Sont-ce là les futurs conjoints ?

LE COMTE

Oui, Monsieur. Vous deviez unir la Signora Rosine et moi cette nuit, chez le Barbier Figaro ; mais nous avons préféré cette maison, pour des raisons que vous saurez. Avez-vous notre contrat ?

LE NOTAIRE

J'ai donc l'honneur de parler à Son Excellence Monseigneur le Comte Almaviva ?

FIGARO

Précisément.

BAZILE, *à part.*

Si c'est pour cela qu'il m'a donné le passe-partout.

LE NOTAIRE

C'est que j'ai deux contrats de mariage, Monseigneur ; ne confondons point : voici le vôtre ; et c'est ici celui du Seigneur Bartholo avec la Signora... Rosine aussi. Les Demoiselles apparemment sont deux sœurs qui portent le même nom.

LE COMTE

Signons toujours. Don Bazile voudra bien nous servir de second témoin. *(Ils signent.)*

BAZILE

Mais, Votre Excellence... je ne comprends pas...

LE COMTE

Mon Maître Bazile, un rien vous embarrasse, et vous étonne.

BAZILE

Monseigneur... Mais si le Docteur...

LE COMTE, *lui jetant une bourse.*

Vous faites l'enfant ! Signez donc vite.

BAZILE, *étonné.*

Ah ! ah !...

FIGARO

Où donc est la difficulté de signer ?

BAZILE, ***pesant la bourse.***

Il n'y en a plus ; mais c'est que moi, quand j'ai donné ma parole une fois, il faut des motifs d'un grand poids... *(Il signe.)*

SCÈNE VIII ET DERNIÈRE

BARTHOLO, UN ALCADE, DES ALGUAZILS,
DES VALETS ***avec des flambeaux,***
et LES ACTEURS PRÉCÉDENTS.

BARTHOLO ***voit le Comte baiser la main de Rosine, et Figaro qui embrasse grotesquement Don Bazile : il crie en prenant le Notaire à la gorge.***

Rosine avec ces fripons ! arrêtez tout le monde. J'en tiens un au collet.

LE NOTAIRE

C'est votre Notaire.

BAZILE

C'est votre Notaire. Vous moquez-vous ?

BARTHOLO

Ah ! Don Bazile. Eh ! comment êtes-vous ici ?

BAZILE

Mais plutôt vous, comment n'y êtes-vous pas ?

L'ALCADE, *montrant Figaro.*

Un moment ; je connais celui-ci. Que viens-tu faire en cette maison, à des heures indues ?

FIGARO

Heure indue ? Monsieur voit bien qu'il est aussi près du matin que du soir. D'ailleurs, je suis de la compagnie de Son Excellence le Comte Almaviva.

BARTHOLO

Almaviva.

L'ALCADE

Ce ne sont donc pas des voleurs ?

BARTHOLO

Laissons cela. — Partout ailleurs, Monsieur le Comte, je suis le serviteur de Votre Excellence ; mais vous sentez que la supériorité du rang est ici sans force. Ayez, s'il vous plaît, la bonté de vous retirer.

LE COMTE

Oui, le rang doit être ici sans force ; mais ce qui en a beaucoup, est la préférence que Mademoiselle vient de m'accorder sur vous, en se donnant à moi volontairement.

BARTHOLO

Que dit-il, Rosine ?

ROSINE

Il dit vrai. D'où naît votre étonnement ? Ne devais-je pas cette nuit même être vengée d'un trompeur ? Je le suis.

BAZILE

Quand je vous disais que c'était le Comte lui-même, Docteur !

BARTHOLO

Que m'importe à moi ? Plaisant mariage ! Où sont les témoins ?

LE NOTAIRE

Il n'y manque rien. Je suis assisté de ces deux Messieurs.

BARTHOLO

Comment, Bazile ! vous avez signé ?

BAZILE

Que voulez-vous ? Ce diable d'homme a toujours ses poches pleines d'arguments irrésistibles.

BARTHOLO

Je me moque de ses arguments. J'userai de mon autorité.

LE COMTE

Vous l'avez perdue, en en abusant.

BARTHOLO

La demoiselle est mineure.

FIGARO

Elle vient de s'émanciper.

BARTHOLO

Qui te parle à toi, maître fripon ?

LE COMTE

Mademoiselle est noble et belle ; je suis homme de qualité, jeune et riche ; elle est ma femme ; à ce titre qui nous honore également, prétend-on me la disputer ?

BARTHOLO

Jamais on ne l'ôtera de mes mains.

LE COMTE

Elle n'est plus en votre pouvoir. Je la mets sous l'autorité des Lois ; et Monsieur, que vous avez amené vous-même, la protégera contre la violence que vous voulez lui faire. Les vrais magistrats sont les soutiens de tous ceux qu'on opprime.

L'ALCADE

Certainement. Et cette inutile résistance au plus honorable mariage indique assez sa frayeur sur la mauvaise administration des biens de sa Pupille, dont il faudra qu'il rende compte.

LE COMTE

Ah ! qu'il consente à tout, et je ne lui demande rien[45].

FIGARO

Que la quittance de mes cent écus : ne perdons pas la tête.

BARTHOLO, *irrité.*

Ils étaient tous contre moi ; je me suis fourré la tête dans un guêpier !

BAZILE

Quel guêpier ? Ne pouvant avoir la femme, calculez, Docteur, que l'argent vous reste ; et...

BARTHOLO

Eh ! laissez-moi donc en repos, Bazile ! Vous ne songez qu'à l'argent. Je me soucie bien de l'argent, moi ! A la bonne heure, je le garde ; mais croyez-vous que ce soit le motif qui me détermine ? *(Il signe.)*

FIGARO, *riant.*

Ah, ah, ah, Monseigneur ; ils sont de la même famille.

LE NOTAIRE

Mais, Messieurs, je n'y comprends plus rien. Est-ce qu'elles ne sont pas deux Demoiselles qui portent le même nom ?

FIGARO

Non, Monsieur, elles ne sont qu'une.

BARTHOLO, *se désolant.*

Et moi qui leur ai enlevé l'échelle, pour que le mariage fût plus sûr ! Ah ! je me suis perdu faute de soins.

FIGARO

Faute de sens. Mais soyons vrais, Docteur ; quand la jeunesse et l'amour sont d'accord pour tromper un vieillard, tout ce qu'il fait pour l'empêcher peut bien s'appeler à bon droit la *Précaution inutile.*

Jean Bête à la foire

Personnages

JEAN BÊTE.
ARLEQUIN.
GILLES.
CASSANDRE.
ISABELLE.

SCÈNE PREMIÈRE

JEAN BÊTE, ARLEQUIN

JEAN BÊTE. *Il va et vient en colère.*

Ah ! malheureux Jean Bête !

ARLEQUIN, *le suivant.*

Monsieur.

JEAN BÊTE

Z'infortuné Jean Bête !

ARLEQUIN

Monsieur.

JEAN BÊTE

J'ai beau crier comme un chien brûlé.

ARLEQUIN

Monsieur.

JEAN BÊTE

Courir comme un rat z'empoisonné.

ARLEQUIN

Monsieur, monsieur !

JEAN BÊTE

Grimacer comme un z'échappé du Purgatoire.

ARLEQUIN *donne un coup de batte.*

Monsieur.

JEAN BÊTE

Je ne vois point mon valet z'Arlequin.

ARLEQUIN, *un coup.*

Me v'là.

JEAN BÊTE

Z'il m'aurait revengé.

ARLEQUIN

Eh ! me v'là, tête de cruche.

JEAN BÊTE

Il aurait fiché des coups à cet enragé de Gilles.

ARLEQUIN, *redoublant les coups.*

Êtes-vous sourd ? me v'là.

Jean Bête se retourne. Ils se choquent et tombent.

JEAN BÊTE, *se relevant en colère.*

Maraud ! Punais[1] ! Cheval !... Je t'appelle depuis une heure.

ARLEQUIN

Pardi, Monsieur, faut que vous soyez devenu tout d'un coup sourd, aveugle et muet de naissance : vous m'appelez, je réponds.

JEAN BÊTE

Tu m'as répondu, double vilain ?

ARLEQUIN

Demandez plutôt à la compagnie.

JEAN BÊTE

Et qu'est-ce que tu faisais ici ?

ARLEQUIN

Mon ouvrage. Depuis t'un quart d'heure, je m'occupe à battre votre habit, et en vous retournant vous m'avez crevé la fressure[2] d'un coup de poing dans le nez.

JEAN BÊTE

Ah ! mon cher Arlequin, tu me vois t'abîmé dans un débordement de douleur.

ARLEQUIN

Mon cher maître, vous me percez le cœur de parque en parque ! Est-ce qu'on vous a flanqué t'en prison ?

JEAN BÊTE

Ça me serait, je t'assure, ben inférieur.

ARLEQUIN

Z'on vous a passé par les verges ?

JEAN BÊTE

C'est ben pus pire !

ARLEQUIN

Fouetté z'et marqué ?

JEAN BÊTE

V'là z'encore z'une belle fichaise auprès de mon état.

ARLEQUIN

Quoi donc ? pendu ? z'étranglé ? z'aux galères ? z'et puis t'exilé z'hors du royaume ?

JEAN BÊTE, *d'un ton théâtral.*

Tout cela peut-il z'approcher de l'éclatant z'inconvénient qui vient de me couler sur la tête ?

ARLEQUIN

Z'à moins d'être sorcier ou lieutenant de police, z'on ne devine point.

JEAN BÊTE

Tu connais la charmante Zirzabelle ?

ARLEQUIN

C'te jeune personne z'avec qui vous jouiez l'autre jour au trou madame et au cheval fondu ? z'à pet en gueule[3] ?

JEAN BÊTE

Tu veux dire Mademoiselle Tripette, écosseuse à la toilette ?

ARLEQUIN

Ah ! ah ! c'te demoiselle chez qui vous vous amusez quelquefois à faire l'enfant ?

JEAN BÊTE

Eh non, tu parles de Mademoiselle Tiremonde, maîtresse sage-femme, qui z'accouche pour les autres, et qui découche pour elle-même.

ARLEQUIN

C'est donc elle qui, de désespoir quand vous êtes parti, voulait z'entrer aux Grands Cordeliers z'en qualité de sœur converse ?

JEAN BÊTE

Z'elle-même.

ARLEQUIN

La fille de Monsieur le Bonhomme Cassandre ?

JEAN BÊTE

C'est toi qui l'as nommée[4].

ARLEQUIN

Morbieu, vous auriez dû me dire ça pluton que plustarque, on aurait vu...

JEAN BÊTE

Tu sais comme je l'adore à la fureur.

ARLEQUIN

A la rage, à la frénésie, z'à la barbarie.

JEAN BÊTE

Z'eh bien ! depuis deux ans que j'en suis t'aimé comme un lion, et que nous cherchons à disposer Monsieur le bonhomme Cassandre, son vieux ladre de père, à rendre justice à l'équité, z'en adoptant trois petits Jean Bête, dont le Ciel a béni le mariage, que nous devons t'épouser Zirzabelle et moi, z'en les mettant sous le poil de l'Église[5]...

ARLEQUIN

V'là qu'est horrible... V'là qu'est affreux, ça crie vendange.

JEAN BÊTE

A qui en as-tu donc ? Je n'ai t'encore rien dit ; tu cries avant qu'on t'écorche, comme une anguille qui a perdu son bâton[6].

ARLEQUIN

Ah ! c'est ce que je me doute ben qu'il y a quelque chose à peu près semblable à ce que je me doute.

JEAN BÊTE *se promène.*

Z'un gentilhomme recevoir un affront par un gredin ! z'un fesse-manant comme Gilles ? Ce n'est pas pour les coups de bâton que je parle, car je ne suis pas z'orgueilleux ni si près regardant, mais d'être insulté par un vil citoyen, z'un obscur plébéien, z'un Gilles ! Ciel ! terre ! mer ! étoiles !

ARLEQUIN

Reprenez votre vent, mon cher maître, et contez-moi ça, je vous en prie.

JEAN BÊTE

Z'écoute, mon cher Arlequin, z'une romance qui est l'échantillon de mon histoire.

ARLEQUIN

Il y a z'un champignon sur votre histoire ?

JEAN BÊTE

Je te parle de ma misérable aventure. Mais écoute, ou ben tais-toi.

Air : *Si je voulions être un tantet coquette.*

V'là pourtant ce que c'est qu'd'être gentilhomme
Un jour je n'pensais t'encore à rien.
J'rencontre Zirzabelle, j'lui d'mandis comme
Qu'al s'portait ? Z'al m'répondit : Fort bien.
Dabord j'fus t'ému par c'te réponse,
Tout d'un coup j'm'enfonce,
Dans un compliment ;
Z'elle qui sent ça s'baisse, et sans qu'j'y pense
M'lâche une révérence
Et m'v'là son z'amant.

Deuxième couplet.

Z'un jour d'Sainte Babet qu'était sa fête,
J'y achète un bouquet qui m'coûte six sous.
J'la trouve sur son lit qu'était tout'prête
Z'à prendre un cristère z'avec grand goût,
Moi qui suis d'une politesse extrême,
J'veux d'abord moi-même
Lui donner c'lavement ;
Z'et sans l'arrivée de Monsieur Cassandre,
Elle allait le prendre,
Z'amoureusement.

Troisième couplet

Voyez queul étonnement d'surprise,
Moi qu'avais l'canon z'au bout des doigts,
Zirzabelle dit : Cher z'amant, queu crise !
Mon ch'pèr' voit mon honneur aux abois.
J'la r'garde, al'm'regarde, nous nous regardîmes...

ARLEQUIN, *l'interrompant.*

Sangs des cuisses, si vous allez nous conter ça long et déplorable comme l'Opéra de Paris... Eh ! dites-nous tout uniment.

JEAN BÊTE, *vivement.*

Z'et bien, mon cher Arlequin ! quand je vis que j'allais t'être écartelé sous la foudre d'une grêle de coups de bâton, z'avant la première parole du bonhomme Cassandre, je profite z'honnêtement de ce qu'il a t'encore la bouche ouverte de surprise, je lui plante la s'ringue dedans, et je pousse si z'adroitement qu'il prend tout jusqu'à la lie sans en perdre une bouchée ; ce qui lui rafraîchit les entrailles du cœur et calma pour un moment l'emportement de sa colère.

ARLEQUIN

Vous lui avez donné là z'une question qui a dû l'empêcher de vous en faire.

JEAN BÊTE

Quand j'ai vu que je ne pouvais plus voir ma chère Zirzabelle, z'à qui Monsieur son père représenta z'à grands coups de pied dans le cul que ce petit amusement-là lui déplaisait, l'impatience m'a pris z'et ce matin je monte derrière un fiacre pour arriver plus tôt chez mon Isabelle, et malgré mille z'obstacles, z'et un dévoiement qui m'est z'envoyé par la déesse Fortune, je me vois t'enfin à la porte du bonhomme Cassandre.

ARLEQUIN

Aïe, aïe, aïe !

JEAN BÊTE

V'là-t-il pas ce fichu géographe de Gilles qui prend la chandelle avec quoi z'on éclaire les chiens, quand z'on les congédie...

ARLEQUIN

Le manche à balai ?

JEAN BÊTE

Et qui me reconduit z'avec jusqu'au cul-de-sac.

ARLEQUIN

Ah l'indigne gueux ! Mais c'te gondrille[7] donc ? est-ce que vous n'avez pas pu le relicher t'avec ?

JEAN BÊTE

Tu m'y fais songer, je n'ai pas pensé t'à m'en servir. Ce drôle-là z'en veut sûrement z'en secret au pucelage de ma chère Zirzabelle.

ARLEQUIN

Ça pourrait bien être, car c'est z'un enfonceux de portes ouvertes.

JEAN BÊTE, *furieux.*

Non, z'il vaut mieux que je vienne massacrer le père, la fille, Gilles, tous mes ridevaux, z'et que je m'empoisonne ensuite d'un grand coup de plat d'épée z'au travers de l'âme.

ARLEQUIN

Ah ! Monsieur, c'te vengeance-là z'est vile et même puérile. La mort ne viendra peut-être que trop tôt nous serrer le chifflet[8] à six pieds de terre ; ne cherchons pas noise, croyez-moi ; déguisez-vous plutôt en Anglais, qui vend de l'orviétan. J'ai là un habit de Turc qui sera z'à merveille pour ça, nous v'là dans le temps de la Foire, nous pourrons trouver le moyen de vous revenger de c't'escogriffe de Gilles, et c'est d'autant plus aisé que Mademoiselle Zirzabelle z'est ici, z'avec Monsieur son père.

JEAN BÊTE

Zirzabelle à la Foire ?... Queu z'émotion d'entrailles !

Il tombe sur Arlequin.

ARLEQUIN

Est-ce votre dévoiement qui vous prend ?

JEAN BÊTE

Z'hélas !

ARLEQUIN *le soutient.*

Ce que c'est que l'amour de la tendresse du sexe fluminin.

JEAN BÊTE

Maraud ! tu me dis ça sans préparation.

ARLEQUIN

Vraiment, ignorez-vous que Monsieur le bonhomme Cassandre fait z'un gros commerce de mouchures de chandelle pour faire des croix, et des pelûres d'oignons pour les enterrements ?

JEAN BÊTE

Et sa fille ?

ARLEQUIN

Z'elle a sa petite boutique devant elle, attachée à son ventre, z'et elle gagne aussi fort bien sa vie z'en vendant des pommes. Ah ! c'est un si grand plaisir de l'entendre crier dans la Foire : « J'ai la reinette, j'ai la reinette... calville rouge, calville rouge... les gros rambours, les gros, j'ai la reinette ! » que ça vous donne envie de mordre à même ; et le soir, quand le jour est entré dans la nuit, comme elle a beaucoup de sagesse, elle en fait un petit commerce. Oh ! diable ! elle fera une bonne maison.

JEAN BÊTE

Ce que tu dis là z'est très probable et très raisonnable, mon cher Arlequin.

ARLEQUIN

Paix ! V'là Monsieur Cassandre avec ce galefretier[9] de Gilles.

JEAN BÊTE

Z'allons-nous-en, car ma colère me reprend avec mon dévoiement.

SCÈNE II

CASSANDRE, GILLES

GILLES

Eh bien, Monsieur le bonhomme Cassandre ? Vous l'ai-je rossé là d'une fière importance ? Mais aussi, faut convenir qu'ous êtes un chien malheureux comme une pierre[10].

CASSANDRE

Tu vois, mon ami Gilles, je travaille depuis trente ans comme un serpent, je me donne un casse-cul terrible, tout le long de l'année, et z'au bout de ça...

GILLES

Pardienne, faut que vous ayez marché sur une planète bien maléfice[11], Monsieur Cassandre ! Vous avez été autrefois au pilori. Z'un accident vous a flanqué pour six mois à Bicêtre[12], feue madame Cassandre vous battait comme un plâtre, vous avez fait z'amende honorable il y a trois ans, vous avez la mine d'un singe, vous êtes fait comme un scorpion, lourd comme un bœuf, bête comme un cochon, sale comme un picpuce[13], puant comme un cul-de-sac. Votre fille Zirzabelle vous mène par le nez comme un sot, et vous a dindonné de trois marmots dont que vot' famille s'est z'accrue z'en deux ans, et sans mon jérôme[14] qui vous a tricoté z'un beau Léandre ce matin, il allait z'en fricasser z'un quatrième.

CASSANDRE, *le battant.*

Tiens, maraud, v'là pour t'apprendre à dire des mots à double entente.

GILLES

Ah ! oui, Monsieur Cassandre, c'est comme ça que vous reconnaissez mes services ? Ah ! vous allez voir de queu bois je me mouche[15]. Je ne suis pas t'un ingrat, tu vas en avoir dans les tripes et partout, vieux bouquin[16] ! *(Il le bat, Cassandre tombe.)* Vous v'là donc z'à terre, Monsieur Cassandre ?

CASSANDRE

Ah ! je suis tout disséqué, tout vermoulu.

GILLES

Par bonheur qu'il n'y a que la tête qui z'a porté, c'est ce que vous avez de plus dur. N'avez-vous pas besoin d'un peu d'huile de cotteret[17] ?

CASSANDRE

Monsieur Gilles, je n'aurais jamais cru ça de vous! Z'un garçon que nous aimions t'a l'adoration, que j'aurais mis dans ma chemise [18] !

GILLES

Vous vouliez donc me faire dévorer tout vivant ? Ne vous êtes-vous pas fait mal au nez ?

CASSANDRE

Sans doute, coquin z'indigne !

GILLES

Faut le tenir le plus chaud que vous pourrez. *(Gilles avance son derrière.)* Tenez, vous qu'aimez les porcelaines, c'est ça qu'on peut z'appeler z'un beau morceau s'il n'était pas de deux pièces !

CASSANDRE

Comment, z'insolent ? me faire des impuretés après m'avoir battu z'en ma présence, ce qu'est z'un grand manque de respect au regard d'un maître ! *(Il se bouche le nez.)*

GILLES

Queu mine que c'est ça donc, Monsieur Cassandre ?

CASSANDRE

Vilain z'impur ! quand tu t'es z'approché de moi, j'ai senti t'un poison !... Vous devriez ben quant fois le matin vous laver t'un peu dans le ruisseau... Pouah...

GILLES

Monsieur Cassandre, v'là vot fille qui vient, rouge comme un cocodrille [19].

CASSANDRE, *se relevant.*

Ne lui parlez pas de ça t'au moins, entendez-vous, Gilles ?

SCÈNE III

CASSANDRE, GILLES, ISABELLE

ISABELLE, *accourant.*

Z'auteur de ma vie, qu'est-ce donc qu'on vous fait ?

CASSANDRE

C'est z'un rien, ma fille, nous jasions Gilles et moi.

ISABELLE

Mon ch'père[20], je suis votre enfant, mais si ce chien galeux de Gilles vous a dit queut'impolitesse, vous me voyez toute prête z'à lui marcher sur le ventre.

CASSANDRE

Ah ! mon Dieu non, c'est une petite vivacité, faut bien passer queu'chose à ses domestiques ; d'ailleurs c'est z'un brave garçon qui a t'encore galvaudé[21] z'un galant z'aujourd'hui, qui voulait z'entrer dans not'famille par la fenêtre.

ISABELLE

Ah ! si c'était mon cher z'amant !

CASSANDRE

Hem ! que marmottes-tu là de z'amants ?

ISABELLE

Moi, mon ch'père ? Je n'en parle pas.

CASSANDRE

C'est que c'en est un au moins que Gilles a rossé ce matin.

GILLES

Monsieur Cassandre, vous prenez toujours mon cul pour vos chausses [22], drès [23] que Mameselle n'en parle pas.

ISABELLE

Eh quoi ! mon cher papa, vous souffrez ainsi qu'un esturgeon de valet, qui n'est pas digne tant seulement de décrotter les souliers de mon chien, vous dise comme ça des sottises à bouche que veux-tu, et renvoie à coups de bâton les gendres qui viennent m'engendrer d'eux par le canal du mariage ?

CASSANDRE

Ce que tu dis là est bien écrit ma fille, c'est z'éloquent comme un Almanach royal de Le Breton [24], mais pour ce gendre-là, z'il a chié z'à ma malle, est-ce que c'est z'honnête, ma fille ? Je m'en rapporte à Gilles : quand z'un seigneur comme il faut fréquente avec une demoiselle ben élevée, z'il ne souffre jamais qu'une famille z'entre là-dedans ; si z'un malheur z'a des suites, il fait z'en sorte qu'un père ne débourse rien. Je ne dis pas qu'on ne se divertisse honnêtement, mais me laisser sur les bras z'une douzaine de petits Messieurs Léandre ! Les Enfants trouvés sont-ils faits pour les chiens ? Je suis d'une colère !

ISABELLE *se met à ses pieds.*

Ah ! mon ch'père, j'embrasse les pas de vos genoux.

Vous savez que les mariages sont z'écrits au Ciel, et surtout le nôtre qu'est déjà z'ébauché sur la terre sous la cheminée [25].

CASSANDRE

Queu platitude ! Queu bêtise ! Un homme de rien.

ISABELLE

Comment, z'un homme de rien ? Z'un gentihomme fils naturel d'un caporal dans le guet z'à pied ! Z'un homme de rien !

CASSANDRE

Je ne prétends pas pour ça toucher à sa noblesse, mais je sais ben ce que je dis : z'il ne me convient pas.

ISABELLE

Sainte Marie Bobine [26] ! Eh ! pour queu raison ?

CASSANDRE

Vous z'avez donc z'oublié, sesque indigne, le crève-cœur qu'il a fait z'à vot'ch'père, le jour de c'te s'ringue donc, que même vot'honneur allait peut-être encore s'ébrécher si je n'étais pas venu t'à l'appui ?

ISABELLE

Sans compter que c'est z'un gentilhomme qui a queuque chose devant lui. On z'est jeunes. Eh ben ! si l'un z'a quelques fonds, pour peu que l'autre ait de l'avance, z'on se démène ensemble, on se pousse, et l'on vit.

CASSANDRE

Écoute, ma fille, faut z'être raisonnable. Il y a dix-huit ans que ta mère est morte, et v'là que tu z'entres dans ta seizième année ; je ne veux pas t'empêcher de forligner z'en légitime mariage, mais aussi, mameselle, il ne fallait pas refuser Monsieur Cadet.

ISABELLE

Cadet ? le p'tit gadou ard [27] d'la Courtille [28] ? Pouah !...

CASSANDRE

P'tit gadouard ! Mameselle ! ce mépris... C'est bel et ben z'un bon marchand vuidangeur sans odeur.

ISABELLE

Oui ? ça fait z'un mari ben torché quand z'y rentre.

CASSANDRE

Un bon commerce, ben nourrissant, toujours double gain, l'argent z'et la marchandise. Mais si vous n'en voulez point, n'en dégoûtez pas les autres. Pour moi, je vous en souhaite.

ISABELLE

Je me soucie ben de vos souhaits ; souhaitez dans une main, et crachez dans l'autre, vous verrez dans laquelle il en restera le plus : ça m'épousera-t'il, ça ?

CASSANDRE, *en colère.*

Et pardine, puisque je ne peux pas te faire ce petit plaisir-là moi-même, faut bien que je t'en souhaite. A qui qu'elle en a donc z'aujoud'hui, cette acariâtre ?

ISABELLE

Quand vous ne seriez pas mon ch'père, est-ce que je voudrais de vous ? T'une Zirzabelle épouser t'un bonhomme Cassandre, ça serait z'un bel attelage !

CASSANDRE

Oh ! nous savons ben que c'est des beaux messieurs Léandre qu'il faut aux demoiselles Zirzabelle. Mais pour celui-ci… *(Il joue sur ses lèvres avec ses doigts.)*

ISABELLE

Eh ! mon ch'père, vous ragotez toujours la même turelure[29] ; et moi, si z'on ne me donne pas mon amoureux, j'irai m'enterrer dans les bras d'un cloître jusqu'au dernier moment de ma mort, car v'là comme je suis.

CASSANDRE *lève la canne.*

Queu d'emportement, fille dénaturée !

ISABELLE *pleure.*

On n'a qu'un pauvre petit z'amant pour tout plaisir, et z'on vous l'ôte ! C'est z'un père cruel qui vous l'ôte ! Ah ciel !

CASSANDRE

Eh sans doute qui vous l'ôte ! Ne voudra-t-elle pas bientôt que je lui métamorphose tous ses joujoux en z'amants ? ça conviendrait ben à z'un père noble ! On a bien raison de dire que l'oisiveté est la mère ou la tante de tout vice, je sais pas ben lequel. Parce que mam'selle est une grande fainéante qui ne sait pas s'occuper toute seule, et qui ne saurait faire œuvre de ses dix doigts, il lui faut toujours un z'amant pendu à sa ceinture comme un hochet. Et remue-toi, grande lâche, tricote, fais comme ta mère, couds, couds, c'était ça z'une femme !

ISABELLE

C'est ben aisé à dire : couds, couds. Mais toujours faire ces choses-là toute seule, ça z'ennuie à la fin.

CASSANDRE

Est-ce que nous sommes pas t'ici Gilles et moi toute la journée ?

ISABELLE

Oui !... Belle compagnie qu'un Gilles, qui est mon z'eunuque noir, comme si j'étais t'un sérail, et z'un père qui dort ou qui rognonne [30] toujours. Autant vaut z'avoir son écuelle vuide que rien dedans.

GILLES

Le z'eunuque noir, moi ? Je ferais ben aussi le Bachart [31] si vous vouliez ; comme je garde la clef de votre chambre, au lieu de rester à la porte j'entrerais queut'fois : ça vous divertirait peut-être.

ISABELLE

Vous croyez, Monsieur Gilles, parce que votre phrase est z'entrelardée, que je ne la comprends pas ? Dieu merci, je ne suis pas t'une bête, mais je vous avertis que la première fois que vous vous lâcherez sur mon compte z'à mots couverts, je vous couvrirai la face devant mon ch'père. *(Elle lui donne un soufflet.)*

GILLES

Pardi, mam'selle, c'était z'inutile de le promettre.

CASSANDRE

Je ne sais sur quelle étoile elle a marché z'aujourd'hui. Pourquoi n'êtes-vous pas dans c'te foire ?...

ISABELLE

J'ai la migraine.

CASSANDRE

Z'à vendre votre reinette ?

ISABELLE

Je ne peux pas t'aller vendre des pommes crues, quand j'ai la tête en pomme cuite.

CASSANDRE

Toujours un trou dans chaque cheville [32] ! Z'une fille n'a jamais le dernier avec un homme.

GILLES

Eh ! laissez cela, vous autres ! tenez v'là un motapa [33] d'Égypte qui nous dira peut-être notre bonne aventure.

SCÈNE IV

JEAN BÊTE, ARLEQUIN, ***déguisé en ours,***
GILLES, CASSANDRE, ISABELLE

JEAN BÊTE

Ici, Messieurs, c'est la victoire,
Des grands spectacles de la foire.
Un ours sorti des noirs climats,
Où les femmes sont frigidas.
Il danse comme Alcibiade
Il est galant comme Amilcar,
Aussi généreux qu'un César,
Aussi brave qu'un Miltiade.
Donnez la patte, mon mignon.
Fort bien, vous aurez du bonbon.
Les plus beaux tours de passe-passe,
Le fameux pigeon qui trépasse
Et retourne chez les vivants,

Et cent autres tours excellents.
Entrez chalandes et chalands.
Ici l'on arrache les dents
Et les cheveux sans accidents.
Marchandises de contrebande,
Des cantharides de Hollande,
Écoutez, seigneurs les galants.
Votre serviteur Tchicabelle
Crève les yeux si proprement
A tout surveillant d'une belle
Que le jaloux tient la chandelle
Sans s'en douter aucunement.
De cette pastille nouvelle,
J'éveille les feux d'un amant.
J'en vends en France énormément.
Votre serviteur Tchicabelle,
Lequel possède les secrets
Et l'art des toilettes nouvelles,
Qui double l'effet des attraits,
Montre aux dames, aux demoiselles,
Et même gratis aux plus belles
Comme il faut busquer un corset
Pour couper la taille plus fine,
Et serrer d'en bas le lacet
Pour faire exhausser la poitrine ;
Comment, par les plis d'un jupon,
L'on fait bondir la croupe en rond,
Et comment l'art de la chaussure,
Un soulier de couleur obscure,
Grande boucle et le haut talon,
Rend le pied furtif et mignon.
Sur tous points ma méthode est sûre.
Pour faire jouer la figure,
Je leur montre qu'il est prudent
D'opposer le beau feu du rouge

Au vif éclat du diamant,
Que prendre demi-bain ou douge [34],
Matin et soir exactement,
Est se conduire sagement
Pour être bastante [35] à toute heure ;
Que soigner ses secrets appas,
Friser les cheveux au compas
D'une adresse supérieure,
Du beau sexe est le grand moyen
D'attirer tous les gens de bien.
Femme leste [36], accorte et parée
Est plus qu'à demi désirée,
Telle qui m'entend le sait bien.
Le matin, pour cet art utile,
Votre serviteur monte en ville
Et chez les belles ne prend rien.
Loterie, extraits, ternes, ambes [37]

GILLES

Monsieur l'Turc, de quoi sont les lots ?

JEAN BÊTE

Coups de pied au travers des jambes,
Capables de briser les os.

GILLES

Ceux qui z'y mettront s'ront ben sots.

JEAN BÊTE

Opiat pour les maux de ventre,
Aux belles grands soulagements :
Mon opiat, en peu de temps,
Fais que le fruit d'amusement
Sort aussi doucement qu'il entre.

ISABELLE

Vous prétendez qu'ça vient tout doux ?
Z'en combien d'temps, Monsieur, dit'vous ?

JEAN BÊTE

Moins de dix mois, Mademizelle.

ISABELLE

Pardin' ! la recette est nouvelle.
Gilles, ach'tons donc de ses bijoux.

GILLES

Z'on a t'aussitôt fait chez nous
D'aller chercher t'un'bon' sag' femme,
Aïe, aïe, aïe, aïe, crac, en trois coups,
V'là la d'moiselle fill'mère et femme.

JEAN BÊTE

Sage femme est aussi fort bon
Pour le mal dont est question,
Mais mon opiat le surpasse.
A Landau [38], cité d'Alesace,
J'ai guéri, messieurs, en honneur,
Les trois filles d'un procureur
Qui résidaient à la grand'place
Et d'un clerc tenaient mal de cœur.
Ne pouvant les épouser toutes,
Craignant surtout le serre fort [39],
Le grand clerc mettait banque en route [40]
Et cheminait devers Francfort.
Je fus admis dans les ruelles,
Je donnai l'opiat aux belles.
L'opiat opéra si bien
Qu'à Landau resta le vaurien.

CASSANDRE

Oui, mais pour sauver l'personnage,
Vous donniez, Monsieur l'magicien,
Un r'mèd' qu'n'est pas trop chrétien.

JEAN BÊTE

C'est que vous n'entendez pas bien :
Du clerc je détruisis l'ouvrage
En y substituant le mien.

CASSANDRE

Ah ! ah ! j'vois tout' la manigance,
Mais d'abord j'n'y comprenais rien.

JEAN BÊTE

Messieurs, de leur reconnaissance
Vous ne vous doutez pas, je pense :
En échange de cent florins
Qui devaient me passer aux mains,
Le Procureur, en homme habile,
Me fit expulser de la ville ;
Je n'eus d'eux que les grands chemins.

GILLES

Faut z'avouer qu'y a d'fiers coquins.

JEAN BÊTE

A Vienne, grande capitale,
Où gît la cour impériale,
Chez nous se formait grand concours
Lorsque nous faisions danser l'ours,
Grande foule, rumeur, scandale,
Lorsque nous annoncions nos tours,
Ces fameux tours de passe-passe,
Ce fameux pigeon qui trépasse

Et retourne vers les vivants
Et cent autres tours excellents.
Pour écarter la populace
Je me vis tantôt obligé
De mettre à douze francs la place :
Le gain peut être combiné,
Nous n'avons jamais étrenné.

GILLES

A c'prix-là, je l'crois, Jean gros né[41].

JEAN BÊTE

De là nous passâmes à Rome,
La reine du monde on la nomme
A très juste condition :
Centre de la religion.
J'y fis une belle action
Avec mon opiat suprême :
Je tirai du danger extrême
D'imprudente conception
Una Signora Marion,
La propre nièce du saint Pape,
A qui dans la sainte Sion
Le peuple, par dérision,
Avait donné nom la *Soupape.*
Ma cure, digne d'Esculape…

CASSANDRE

Et toujours avec c'te potion
Des trois procureuses d'l'étape ?

JEAN BÊTE

Vous l'avez dit, bel histrion.
Ma cure, digne d'Esculape,
M'obtint la bénédiction

Du Saint Père pour récompense,
Et pour défrayer ma dépense
La plus superbe révérence
De la signora Marion,
Avec un très beau privilège
Émané du Sacré Collège,
Autrement dit permission
(Ce trait-là vaut bien qu'on y pense)
De retourner de pied en France.

GILLES

N'y a pas là d'quoi remplir la panse.

JEAN BÊTE

Les gens de ma profession
Vivent de réputation.

GILLES

Ils n'mourront pas d'indigestion.

JEAN BÊTE

De plus, j'ai certaine poularde,
Qui pendant que l'on me regarde
Me pond des œufs tant excellents
Que je m'en régale en tous temps.
(Il mange un œuf.)
Soit que j'aille ou que je repose,
Soit que j'agisse ou que je cause,
Toujours j'en trouve un bien venant.
(Il montre l'œuf.)

GILLES

Pargué ! c'tour-là z'est surprenant.

JEAN BÊTE

Messieurs, examinez la chose.
(Il mange l'œuf.)
Il n'en faut plus qu'encore autant.

GILLES

Si l'Roi voyait c't'oiseau charmant,
Pour vous l'ach'ter plutôt, j'parie
Qu'il vendrait tout'sa ménag'rie.
Ça vaut, morgué ! z'un ortolan.

JEAN BÊTE

Nous vînmes ensuite à Florence,
Cité belle en magnificence.
Là sont accueillis les talents.
Chez nous bientôt grande affluence,
Les places n'étant qu'à six francs.
Il fallait voir toute la ville
Inonder notre domicile.
Aussi, Messieurs, à ce prix-là,
Notre jeu jamais n'étrenna.

GILLES

Eh ! queu pitié, fichue misère !

JEAN BÊTE

Le pays, à mon savoir-faire
N'étant pas autrement prospère,
D'autant moins que l'hôte, un vrai fat,
Voulait d'argent, non d'opiat,
Je fis mes tours de telle sorte
Que, par un insigne bonheur,
Le Grand-Duc il me fit l'honneur
De m'envoyer une cohorte
Qui nous mit en delà la porte.

France, tu nous vis à ton tour,
Sans cela tu fusses jalouse,
A Marseille, galant séjour,
A Bordeaux, Messieurs, à Toulouse,
En modérant de jour en jour
De trente sous la place à douze,
Grâce à la générosité
Du Français curieux, avide
En tout genre de nouveauté,
Notre spectacle tant vanté
N'a jamais désempli de vuide.

GILLES

Pargué ! v'là qu'est ben débuté,
C'métier-là doit ben faire envie !

JEAN BÊTE

Ainsi, malgré les envieux,
A Vienne, en France, en Italie,
Nous avons reçu dans tous lieux
Les honneurs de l'ignominie.
Après avoir charmé la Cour,
Messieurs, le peuple aura son tour.
Ce pauvre peuple, il me fait peine,
Il n'a qu'un jour en la semaine
Pour son chétif amusement,
De plus il a fort peu d'argent.
Je veux donc lui faire la grâce
De m'établir dans cette place.
Est-ce dix sous ? huit sous ? six sous ?
Que pour ce beau jeu l'on exige ?
C'est bien peu pour un tel prodige.
Quoi ! Cinq sous ? quatre sous ? trois sous ?
Non, Messieurs, point d'impatience,
Des places vous en aurez tous.

En faveur du peuple de France,
Je mets le parterre à deux sous.
Profitez de la circonstance.
Si quelqu'un, Messieurs, parmi vous,
Manque de fonds, j'ai la ressource :
Du voisin qu'il tire la bourse.

GILLES

Z'y n'l'entend pas mal, Guilleri [42],
Pour nous fair' mettre au pilori.

JEAN BÊTE

Pour commencer, sautez, Florine,
Sur vous j'ai fondé ma cuisine.
En attendant de plus beaux tours,
Messieurs, voyez danser mon ours.
(Gilles et Cassandre sortent [43]*.)*

SCÈNE V

JEAN BÊTE, ARLEQUIN, ISABELLE

ISABELLE

Ah ! Sainte Jérusalem ! C'est mon cher z'amant !

JEAN BÊTE

Pardon, charmante Zirzabelle, si j'ai fiché le tour [44] à Monsieur votre père et à Gilles. C'est pour à celle fin de les renvoyer sains et saufs, et que nous puissions parler un moment de notre flamme à la face des oiseaux du ciel et de la terre.

ISABELLE

Personnage aimable, redressez-vous.

JEAN BÊTE

Vous savez que le don de mon cœur vous est dû z'à plus d'un titre. Permettez-moi de vous le faire encore une fois à genoux, et de vous le renouveler mille fois.

ISABELLE

Je le veux ben, mais si vous connaissiez mes peines, elles sont bien différentes de ma personne, car je vous en cache plus de la moitié.

JEAN BÊTE

Non, ne me cachez rien, je veux tout voir, je veux tout voir, je veux tout savoir.

ISABELLE

J'ai t'eu beau dire à mon ch'père que le destin me destine à filer ma destinée z'avec vous, que je n'ai pu défendre mon cœur, que vous me l'avez pris, z'il prétend qu'avec le même entregent, beaucoup d'autres peuvent me le prendre aussi ; ce qui me console, c'est que z'on ne me mariera pas sans que je dise oui. Mon ch'père fera tout comme il l'entendra, ça m'est indubitable, mais z'en fait de mariage *(En déclamant.)*

Quand je devrais m'en repentir,
Jamais autre que vous n'aura mon consentir.

JEAN BÊTE

Ah ! charmante Zirzabelle !

ISABELLE

Monsieur Jean Bête, ce que vous allez me répondre est plein d'esprit, mais quoique vous me fassiez grand plaisir, retirez-vous, retirez-vous, pour Dieu ! retirez-vous, mon père est colérique et rusé, s'il revenait z'avec Gilles, quelque chemin que vous prissiez, z'ils vous le couperaient tout net. Qu'est-ce que je deviendrais ? Vous m'alarmez, vous me déchirez les entrailles, retirez-vous, retirez-vous, pour Dieu ! retirez-vous.

JEAN BÊTE

Ne craignez rien, charmante Zirzabelle, et permettez que mes gens fassent le coq-six-grues [45] z'autour de nous pendant que je vous en conterai.

ISABELLE

Mais combien sont-ils donc z'à faire le guet ?

JEAN BÊTE

Soyez tranquille : ils sont un.

ISABELLE

Qu'ils veillent donc tous ensemble exactement !

JEAN BÊTE

Est-ce que je voudrais vous exposer ? Croyez que je suis aussi sûr d'eux que de moi : c'est z'Arlequin.

ISABELLE

Mais queux ressources avons-nous donc ?

JEAN BÊTE

Queux ressources ? Ne nous reste-t-il pas l'enlèvement, la fuite, le rapt, la fornication, l'adultère, le viol, la désolation, la tribulation, etc., etc., sans le reste ?

ISABELLE

Ah ! mon cher z'amant, ce sont des petites niches que je serais t'au désespoir de vous faire ; cependant,

Monsieur Jean Bête, en votre absence, les siècles me paraissent des jours, et si de colère je fais mes quatre repas, en revanche ma douleur est cause que je ne peux pas fermer l'œil de la journée.

JEAN BÊTE

Et moi qui ne saurais boire ni manger les trois quarts de la nuit ! J'aurai donc l'honneur de vous faire t'enlever par mon valet z'Arlequin, et pourvu que vous ne vous effrayiez pas du bruit...

ISABELLE

M'effrayer du bruit, cher z'amant ? Ma mère m'a toujours dit que j'étais fille légitime du régiment de Royal Canon z'et que M. le bonhomme Cassandre n'était que mon père z'apocryphe, autrement dit mon bâtard : jugez.

ARLEQUIN

Doucement, doucement, Monsieur mon maître, que chacun file sa corde [46], s'il vous plaît.

JEAN BÊTE

Pourquoi donc prends-je un valet, maraud ? Est-ce pour me servir moi-même ? J'ai t'une maîtresse à z'enlever, je veux que tu me l'enlèves.

ARLEQUIN

Pour quinze francs de gages par an, il faut que tout le gros ouvrage de la maison m'tombe sur le corps.

JEAN BÊTE

Je te remettrai z'en ours.

ARLEQUIN

Êtes-vous ben lourde, Mamzelle ?

ISABELLE

A peu près comme deux personnes, pas tout à fait encore.

ARLEQUIN, *faisant le geste de la prendre par les reins pour la charger sur son épaule.*

Allons, venez çà, moi j'ai de la z'humanité.

ISABELLE, *criant.*

Eh ben donc ! ben donc ! z'insolent ! est-ce qu'on z'enlève une demoiselle de condition, cul par dessus tête, les quatre pattes en l'air comme un chat retourné ?

ARLEQUIN

Ça ne vous convient pas, Mam'zelle ? n'y a t'encore rien de fait. Bonjour, enlevez-vous vous-même.

JEAN BÊTE

Effectivement mon valet z'Arlequin, quand z'une demoiselle est d'un certain sesque, on ne sait pas toujours de quoi z'il retourne ; ça n'aurait qu'à lui faire avorter son lait.

ARLEQUIN, *regardant derrière, lui crie.*

Sauve qui peut ! voilà le vieux vilain.

ISABELLE

Ah ! j'entends Gilles qui jure et mon père qui raquillonne[47].

JEAN BÊTE

Tâche de les dissuader du chemin, z'Arlequin ! que j'aie le temps de me sauver et d'employer un autre tartagème[48] pour me couler encore une fois dans l'intérieur de chez Mam'zelle.

ARLEQUIN, *les poussant chacun d'un côté.*

Tirez la belle, détalez le galant, v'là justement z'une assiette cassée dans ce coin-là, je vas me déguiser en raccommodeux de faïence et m'amuser un moment à leurs dépens.

SCÈNE VI

CASSANDRE, GILLES, ARLEQUIN *ôte sa veste sur laquelle il s'assied.*

CASSANDRE, *avec un grand bâton qu'il traîne.*

Où est-il ? où est-il ? c't'infernal marchand d'opiat ?

GILLES, *armé d'une tête à perruque et de son pied.*

Et son diable d'ours ?

CASSANDRE

Je veux t'être emmuselé comme un forçat !

GILLES

J'veux t'être vuidé comme un poulet si...

ARLEQUIN, *faisant semblant de ne pas les voir et de percer un morceau d'assiette avec la pointe de son couteau, chante :*

J'l'y avais promis
Afin qu'alm' méprise...

CASSANDRE, *reprenant.*

Oui, je veux t'être emmuselé comme un forçat...

GILLES

Oui, je veux t'être vuidé comme un poulet…

ARLEQUIN, *chantant :*

D'la mettre à Paris
Z'ouvrière en chemise. — Bon.

GILLES *s'arrête et regarde Arlequin.*

Quel diable de tableau z'à la silhouette est venu s'établir là devant not' porte ? Il ressemble à ce possédé d'ours comme deux gouttes d'eau, Monsieur Cassandre, venez donc voir.

ARLEQUIN, *chantant :*

Les filles sont comme ça,
L'cœur est leux z'amorce…

CASSANDRE

Tu n'as que ton ours dans la tête ; ne vois-tu pas que c'est un honnête citoyen de Chambéry qui travaille en vaisselle plate d'hasard ?

ARLEQUIN, *chantant :*

Prenez-les par là,
La farira dondé.

GILLES

S'il y a quelque temps qu'il est là, il pourra nous dire ce qu'est devenu le Turc et son diable d'ours. Ah ! jerni, qu'il lui ressemble !

ARLEQUIN, *chantant :*

La farira dondaine gué,
La farira dondé.

CASSANDRE

Tu as raison, Gilles... hé l'ami ?

ARLEQUIN, *chantant :*

Un jour j'l'aperçus,
Seul avec ma belle...

GILLES

Parlez-nous donc, visage de cul de chaudron !

ARLEQUIN, *chantant :*

Le v'là qui s'met dessus
L'herbette auprès d'elle. — Bon.

CASSANDRE, *le touchant avec le bout de son bâton.*

Eh ! l'ami ? l'ami ? dis-nous un peu...

ARLEQUIN, *lui donnant un grand coup de batte.*

Bonjour, messieurs, vous ne m'aviez jamais vu ? Eh ben ! vous me voyez.

GILLES

Comme tu dis, barbouillé !

ARLEQUIN, *branlant sa batte.*

Réparateur de cheminées, raccommodeur d'assiettes et rebouiseur [49] de plats, Messieurs, *(il donne un coup à Gilles)* gare de mon jour.

CASSANDRE

C'est fort bien fait, z'ami, mais...

GILLES

Y a-t-il déjà quelque temps que tu es assis devant c'te porte ?

ARLEQUIN

Comme je me porte ? Mieux qu'un oignon toujours, car il se porte la tête en bas, et moi, tu vois que la terre baise Cadet [50], mon ami.

CASSANDRE

Dis-nous t'un peu, mon garçon...

ARLEQUIN

Messieurs, votre serviteur, je n'ai rien à vous dire, je n'ai point vu l'homme que vous cherchez et qui vous a exterminés.

CASSANDRE

Ah ah ! Comment sais-tu que nous cherchons t'un homme qui nous a exterminés ?

ARLEQUIN

C'est vous qui le dites.

GILLES

Nous ne t'en avons pas encore parlé, figure de poêle à marrons.

ARLEQUIN

Non ? Eh bien je l'ai donc rêvé.

GILLES

Oui, mais sais-tu bien, poêlon, que nous allons te fourrer les deux poings dans le gosier, et te retourner comme une peau de lapin si tu ne nous dis pas ce qu'il est devenu ?

ARLEQUIN, *chantant :*

Turelututu chapeau pointu...

N'est-ce pas un homme à pied, déguisé t'en Anglais, avec un habit de Turc, pour vendre des drogues et débiter des menteries, que vous cherchez ?

CASSANDRE

Justement !

GILLES

Et qui a z'un enragé d'ours qui grogne... houn... houn...

ARLEQUIN

Oh bien ! celui que j'ai vu est habillé en pêcheux qui vend des goujons, et il est monté sur un âne, Monsieur, et qui brait : hi, hon, hi, hon.

GILLES

Répondez, père Cassandre, c'est z'à vous que Monsieur parle.

CASSANDRE

J'entends bien, mais enfin, mon garçon à âne ou à pied, ousqu'il est z'allé ?

ARLEQUIN

Baa... Il est bien loin, s'il court toujours.

GILLES

On te demande de quel côté z'il a tourné ?

ARLEQUIN

Ah ! de quel côté ? Vous voyez bien ce cul-de-sac à main droite, si bien garni de fleurs, paroles ne puent pas [51], tout le long du mur ?

GILLES

A main droite ?

CASSANDRE

Je le connais. C'est z'où je vais toujours… quand je veux… Oh ! s'il a donné dedans, il est pris.

GILLES

Par le nez d'abord. Il y est donc entré ?

ARLEQUIN

Au contraire, il a enfilé t'une grande rue à main gauche, où il y a c'te maison qui fait le coin.

GILLES

Belle indication ! comme s'il n'y en avait pas à toute rue !

CASSANDRE

A-t-il dit dans quel quartier il allait ?

ARLEQUIN

Oui : il a nommé un certain faubourg dont le nom finit en *au*.

GILLES

Ah ah ! le faubourg Saint-Martin ?

ARLEQUIN

Non, c'est un nom en *au*.

CASSANDRE

Le faubourg Saint-Honoré ?

ARLEQUIN

En *au* je vous dis, c'est le faubourg, le faubourg…

GILLES

Eh ! que vous êtes donc bête, Monsieur Cassandre, c'est le faubourg Saint-Marceau, n'y a que celui-là z'à Paris.

ARLEQUIN

Oh ! que ce n'est pas ça, je l'ai sur le bout de la langue, le faubourg... ah ! le faubourg Saint-Antoine. Je savais bien qu'à la fin je le trouverais.

CASSANDRE

En *au,* le faubourg Saint-Antoine ! C'est z'apparemment de la nouvelle orthographe de ce Voltaire [52] ! Ça ne fait rien, il faut toujours courir après lui. Et y a-t-il bien longtemps qu'il est parti d'ici ?

ARLEQUIN

Il y a environ... sept à huit jours.

GILLES

Quel alibi foireux est-ce qu'il nous chante ici, ce galipot [53] ?

ARLEQUIN

Des alibis foireux ?

CASSANDRE

Et parguienne, sans doute ! L'homme que nous cherchons t'était z'ici il n'y a pas t'un quart d'heure.

ARLEQUIN

Ah ! s'il tétait z'ici, ce n'est donc pas celui-là, car le mien z'est sevré comme ma nourrice.

GILLES, *à Cassandre.*

Je crois que le citoyen de Chambéry se moque de vous, Monsieur le bonhomme Cassandre.

CASSANDRE, *à Gilles.*

Je ne suis pas t'à m'en apercevoir. *(A Arlequin.)* Et il avait z'un âne, dis-tu ?

GILLES

C'est sûrement z'un ours qu'il veut dire.

ARLEQUIN

Comme vous voudrez : un âne, un ours, tout ça m'est égal. Mais pour son âne ou pour son ours, il avait tant couru, tant couru, il était si fatigué, si z'éreinté, qu'il doit être à présent... crevé, Messieurs.

GILLES

Grouin [54], mon ami, est-ce que tu te fiches de nous ?

ARLEQUIN

Oh ! messieurs, je sais trop ce que je vous dois pour y manquer, avec plaisir assurément, mais si vous avez beaucoup de questions à me faire, dépêchez, car votre compagnie commence à m'ennuyer.

CASSANDRE

Nous ne faisons que d'arriver.

ARLEQUIN

Je ne sais comment ça se fait, n'y a qu'un moment que je vous connais et je suis déjà dégoûté de vous.

GILLES

Comment dis-tu ça, mannequin ?

ARLEQUIN *se levant.*

Je ne m'appelle pas Mannequin. Z'on me nomme Arlequin, fils de Vilebrequin, petit-fils de Maroquin, surnommé Chasse-Coquin. *(Il les rosse avec sa batte, les pousse. Ils tombent l'un sur l'autre, la tête à perruque roule par terre.)*

GILLES, *criant.*

Ah ! M. Vilebrequin, M. Maroquin ! z'au guet ! z'au guet !

ARLEQUIN

Je vous apprendrai à z'estropier mon nom, faquin.

GILLES, *par terre, lui faisant la moue.*

Oumh ! oumh ! vilain ours.

SCÈNE VII

CASSANDRE, GILLES, *par terre,*
ISABELLE, *avec un éventaire de pommes.*

ISABELLE

J'entends du bruit devant note porte, est-ce que mon z'amant serait revenu ?

CASSANDRE

Ah ! l'enragé !

GILLES, *criant.*

Ah ! l'endiablé !

ISABELLE, *voyant la tête à perruque.*

Ah ! ah ! il faut que mon ch'père ait passé par ici, car v'là sa tête qui roule.

TOUS DEUX, *en se relevant.*

Aïe, aïe, aïe !

ISABELLE *les aperçoit.*

Eh ! qu'est-ce que vous faites donc là, mon ch'père, avec Gilles dans le tas d'ordures ?

CASSANDRE

Je suis t'éreinté.

GILLES

Je suis t'abîmé.

ISABELLE

Est-ce que vous avez revu c't'homme de tantôt ?

CASSANDRE

Non, c'est z'un marchand de faïence ; nous revenions Gilles et moi pour le chercher, aïe, aïe, aïe !

ISABELLE

Qui, ce marchand de faïence ?

CASSANDRE

Eh ! non, pour chercher c't'homme de tantôt ; nous l'avons trouvé z'ici z'assis par terre, aïe, aïe !

ISABELLE

Qui, c't'homme de tantôt ?

CASSANDRE

Eh ! pour ça, mon Dieu, non ; c'est ce marchand de faïence que nous avons trouvé ; nous avions pris t'un bâton chacun, Gilles et moi, pour le mettre à la raison, aïe, aïe, aïe !

ISABELLE

Qui, ce marchand de faïence ?

CASSANDRE

Eh ! non, langue de Jéricho[55] ! pour mettre à la raison c't'homme de tantôt, mais comme nous lui parlions amicalement Gilles et moi, z'il nous a rossés à tripes abattues, aïe, aïe, aïe !

ISABELLE

Mais c'est c't'homme de tantôt qui vous a rossés, mon ch'père, à qui contez-vous ça ? Est-ce que je n'y étais pas ? moi qui suis encore tout enflée des coups que j'ai reçus de lui.

GILLES

Du marchand de faïence ?

ISABELLE

Eh ! non, de c't'homme de tantôt. Quel galimatias de faïence mêlez-vous donc là-dedans ?

GILLES

Galimatias ! sans doute ! quand j'en ai mon gros doigt de la main z'en suppuration. Mais si je ne lui coupe pas les deux jarrets d'un seul coup, flon ! je veux ben qu'on dise de moi que je m'appelle pas Annibal, Alexandre, Jules César, Gilles.

ISABELLE

Est-ce qu'il n'a pas de nom ce marchand de faïence ?

GILLES

Un nom superbe ! il me dit qu'il s'appelle Charlequin, fils de Vilebrequin... Mais moi je crois en vérité que c'est c't'enragé d'ours qui s'est fait Savoyard, car il lui ressemble !...

ISABELLE, *riant.*

Est-ce que ça s'peut donc, z'imbécile ?

GILLES

Pourquoi pas ? J'ai vu plus de cent maris qui étaient devenus ours, oui, qui dansaient z'en ville et qui faisaient au logis houn, houn, houn. Quand un ours aurait pris sa revanche et se serait fait homme !

CASSANDRE

Eh ! mais, taisez-vous donc, langues de Capharnaüm [56] ! Z'ils font un bruit que je n'y vois goutte. C'te journée-ci est malencontreuse en diable, rentrons en attendant le médecin que j'ai envoyé chercher par un Savoyard de mes amis.

GILLES

Tenez, le v'là z'avec son aide de camp qui porte la bannière de la Médecine.

SCÈNE VIII

GILLES, JEAN BÊTE, *en médecin,* CASSANDRE, ISABELLE, ARLEQUIN, *en apothicaire, une seringue à la main.*

GILLES, ***avec un doigt entouré d'une grosse poupée.***

Ah ! Monsieur le médecin, z'on vous attend z'avec une impatience superbe !

JEAN BÊTE

Qu'avez-vous, mon ami ?

GILLES ***chante :***

AIR : Ariette de *Mon pauvre cœur*
dans *le Peintre amoureux*[57].

J'ai ben du mal z'à t'un endroit

JEAN BÊTE

Voyons.

GILLES

J'en souffre au bout du doigt
Quand ça m'travaille
Aïe, aïe, aïe, aïe,
J'vous pousse des cris...

JEAN BÊTE

Bon, c'est z'un panaris.

Ensemble :

GILLES

J'vou pousse des cris !

GILLES ***crie de toute sa force.***

JEAN BÊTE

Z'un panaris,
Z'un panaris.

GILLES

C'est z'une enflure,
Qui z'est dure,
Z'outre mesure.

JEAN BÊTE

C'est là sa nature.

Ensemble :

GILLES

Quand on veut l'panser
Ce que j'en souffre, ce que j'endure
Ferait renier Dieu z'à t'un trépassé.

JEAN BÊTE

Il faut
Le fourrer
Dans un lieu chaud et serré.

GILLES

Dame, quand ça renfle
C'est sans exemple,
J'vous pousse des cris !...

JEAN BÊTE

Mais c'est z'un panaris.

Ensemble :

GILLES

J'vous pousse des cris !
Qu'chacun z'en est surpris.

JEAN BÊTE

Z'un panaris.
Z'un panaris.

JEAN BÊTE

Monsieur Piston, ceci vous regarde.

ARLEQUIN

Manquez-vous d'argent, mon ami ?

GILLES

C'est par où je brille, est-ce que vous savez guérir aussi de c'te maladie-là, Monsieur Piston ?

ARLEQUIN

Si j'en avais le secret dans ce temps-ci, je serais trop z'affairé z'auprès des plus grands seigneurs, pour pouvoir songer à vous, mon ami. Mais c'est que nous avons deux façons de traiter un mal. Nous l'allongeons à ceux qui payent, et le raccourcissons à Messieurs les gratis.

GILLES

Eh ! ben, là, traitez-moi sans façon, comme ces derniers ; je n'ai pas le moyen d'être malade en vérité.

ARLEQUIN

Ça va t'être fait dans un moment. *(Il met la seringue contre sa joue comme pour voir si le lavement est à son point.)*

GILLES

Est-ce que vous allez m'en couler d'une douce pour guérir mon doigt ?

ARLEQUIN, *mettant la seringue à terre.*

N'ayez pas peur, tout ce qui coûte seulement deux liards n'entre jamais dans le traitement de Messieurs les gratis. *(Il tâte du doigt doucement.)* Ça vous fait-il mal quand z'on y touche ?

GILLES, *se plaignant.*

Ah ! ah ! ah ! o, u, i.

ARLEQUIN *tâte plus fort.*

Tant mieux, et quand on le presse.

GILLES, *criant un peu.*

Ah ! ah ! ah ! o, u, y.

ARLEQUIN

Tant mieux. *(Il lui tortille le doigt de toute sa force.)*

GILLES *crie de toute sa force.*

Ah ! ah !

ARLEQUIN

V'là qu'est fini. Demain si ça ne va pas mieux, nous recommencerons.

GILLES, *se plaignant.*

Ah ! ah ! ah ! je ne crois pas ça, quel diable de traitement que celui de Messieurs les gratis !

SCÈNE IX

JEAN BÊTE, *en médecin,* ARLEQUIN, *en apothicaire,* GILLES, CASSANDRE, ISABELLE.

ISABELLE

Est-ce vous qu'êtes le médecin, monsieur ?

JEAN BÊTE

Seriez-vous, charmante enfant, du nombre de c'te famille infortunée qui a été blessée z'à t'une bataille de coups de bâton ?

ISABELLE

Oui, monsieur.

JEAN BÊTE

Ayez confiance en moi, je m'appelle Monsieur Moribond, médecin de Montpellier. Quelle maladie avez-vous pour que je vous dise ce que c'est ?

GILLES, *riant.*

Monsieur Moribond ! V'là un médecin qui porte le nom de ses pratiques.

ARLEQUIN, *lui donnant un coup de pied dans le cul et se remettant gravement.*

Faut pas z'interrompre la consultation, faut pas interrompre.

GILLES

Eh ! ben, regardez si z'on jurerait pas que c'est encore c't'enragé d'ours.

JEAN BÊTE *lui donne un coup de pied dans le cul et se remet gravement.*

Mon ami, si vous êtes de la maison, permettez que je parle à Mameselle, que je l'entretienne.

GILLES

Toute nue, pour son hiver. Mais, messieurs est-ce que vous ne sauriez parler sans gesticuler ?

JEAN BÊTE, *chantant avec Isabelle :*

AIR : Le duo de *Blaise est terrible* dans *le Savetier*[58].

Qu'avez-vous donc ?

ISABELLE

La fièvre.

JEAN BÊTE
Voyons, tâtons, tâtons.

ISABELLE
Non, non, non, non.

JEAN BÊTE
Je m'en vais lui prendre le menton.

ISABELLE
Ah ! ah ! j'ai la fièvre.

JEAN BÊTE
Elle a fait son dépôt sur la lèvre.

ISABELLE
Ah ! j'ai la fièvre.

JEAN BÊTE
Donnez la lèvre.

ISABELLE
La fièvre.

JEAN BÊTE
La lèvre.

ISABELLE
Ah ! ah ! j'ai la fièvre, j'ai la fièvre.

JEAN BÊTE
Eh ! vraiment, vous tremblez comme un lièvre.

ISABELLE
La fièvre.

JEAN BÊTE
Un lièvre.
Donnez-donc.

ISABELLE

Ah ! ah ! j'ai la fièvre,
J'ai la fièvre.

JEAN BÊTE

Donnez donc la lèvre,
Votre lèvre.
Qu'avez-vous donc ?

ISABELLE

La fièvre.
(En recommençant.)

JEAN BÊTE

Z'il ne reste plus qu'à vous guérir, savez-vous comment je vais m'y prendre, Mam'selle ?

ISABELLE

Monsieur, je ne me connais pas t'à ça, je ne suis pas t'architecte.

JEAN BÊTE

Ni moi non plus ; mon remède est z'un grand tropique[59] qui s'applique sur la poitrine ; il y a t'une certaine façon de poser l'appareil qui le rend moins douloureux.

ISABELLE

Oh ! mais si ça me fait mal ?

JEAN BÊTE

Ne soyez pas t'inquiète, Mam'selle, ce sera moi-même qui vous le mettrai.

ISABELLE, *faisant la révérence.*

Ah ! je vous en prie, Monsieur.

JEAN BÊTE

Je m'en vais d'abord vous le faire faire par M. Piston, l'apothicaire.

ISABELLE

Est-ce que vous ne pouvez pas le faire ? Pourquoi donc, Monsieur, que vous en chargez t'un autre ?

JEAN BÊTE

C'est que M. Piston z'est pour la main-d'œuvre.

ISABELLE

Mais quand z'il faudra lever l'appareil, Monsieur ?

JEAN BÊTE

La règle de la médecine, Mademoiselle, en fait de tropique et d'appareil, est que celui qui le met est z'ordinairement celui qui l'ôte.

ISABELLE

C'te règle-là me paraît fort naturelle.

JEAN BÊTE

J'aurai l'honneur moi-même de vous panser. Z'avant peu, Mam'selle, vous verrez ma façon de panser.

ISABELLE

Monsieur, vous n'aurez pas t'affaire à z'une ingrate, je vous assure.

JEAN BÊTE, *à Cassandre.*

C'te demoiselle-là me paraît bien élevée ; Monsieur lui est-il de quelque chose ?

CASSANDRE

Feue Madame Cassandre, ma femme, née Troufignon, z'était sa mère.

JEAN BÊTE

Ça ne répond pas tout à fait z'à la question, mais de quelle branche des Troufignon s'il vous plaît ?

CASSANDRE

Ah ! je ne vous dirai pas bien : des plus grands, des meilleurs, mais, comme on sait, tous les Troufignon [60] sont bons.

JEAN BÊTE

Cela z'est certain ; c'est que j'ai connu un certain grand Troufignon qu'avait longtemps servi en Flandres, en Allemagne et qui s'était encore fort z'agrandi dans ce pays-là.

CASSANDRE

Il n'était pourtant que le cadet de ma femme, et ma fille qui est Troufignon par l'endroit de sa mère a z'hérité de ce grand-là, que vous avez connu et qui était son oncle.

JEAN BÊTE

Et dites-moi ? Mam'selle n'a-t-elle jamais eu que c'te maladie-ci ?

CASSANDRE

Pardonnez-moi, Monsieur, on a déjà dit plusieurs fois qu'elle était z'hydropique, c'était comme queut' chose... mais au bout de quelque temps elle allait z'à la campagne et ça se passait toujours heureusement.

JEAN BÊTE

J'entends le ventre douloureux ? tendu ?

ISABELLE

Oui, Monsieur.

JEAN BÊTE

Qui pâtissait beaucoup ?

ISABELLE

Oui, Monsieur.

JEAN BÊTE

Et à c't'heure, pâtit-il ? ou ne pâtit-y pas ?

ISABELLE

Pâtit pas tant, il pâtit pourtant, ça va et ça vient.

JEAN BÊTE

Ce serait bien dommage, une demoiselle d'un aussi joli tempérament.

CASSANDRE

Monsieur, ce n'est rien que ce que vous voyez. Z'elle a l'esprit z'orné, z'elle a lu Bécasse[61], la Loyola, l'Arétin, le Pédagogue Chrétien, la Béguine en déshabillé.

JEAN BÊTE

Ce sont là des livres qu'une demoiselle de qualité, fille d'un bon bourgeois, doit certainement z'étudier dans sa jeunesse.

CASSANDRE

Quoiqu'elle soit z'enflée de l'histoire de c'te homme

de tantôt, si z'elle voulait, vous l'entendriez chanter z'un petit air.

ISABELLE

Monsieur, mon ch'père badine, z'il sait bien que je suis dans la mue. Z'autrefois je vous dégoisais ça, l'on aurait dit que j'avais t'avalé z'une douzaine de rossignols.

CASSANDRE

Comment, ma fille, vous qu'avez des complaisances dont toute la ville se ressouvient longtemps, parce que Monsieur est z'étranger faut-il qu'il soit le seul à qui vous refusiez t'une galanterie ?

ISABELLE

Pourquoi me tarabuster ? Vous savez, mon ch'père, que je suis douce et bonne pour tout le monde, mais que je n'aime pas qu'on me viole, je n'aime pas qu'on me viole.

CASSANDRE

Monsieur, v'là sa vraie maladie, faut que quels'un l'y ait fait z'avaler un clou, car elle est si roide qu'elle ne peut plus se plier z'à ma volonté.

JEAN BÊTE

Je vais dans le moment, Monsieur, lui faire toucher au doigt et à l'œil ce qu'une fille doit sentir... pour z'un père...

CASSANDRE

Ah ! Monsieur, je suis bien sensible.

JEAN BÊTE, *à part à Isabelle.*

Est-ce que vous ne me reconnaissez pas, ma chère Zirzabelle ?

ISABELLE, *à part.*

Oh ! Sainte Épiphanie ! c'est mon Jean Bête ! *(Haut.)* Mon ch'père, v'là qui z'est fini, vous m'avez mis t'entre les mains de Monsieur, je m'y tiens, je n'aurai t'à l'avenir rien de caché pour lui. Je vais chanter, danser, chiffler[62], etc. Voulez-vous t'autre chose de moi, Monsieur Moribond ?

GILLES

Jarni ! qu'eux z'enjoleux de filles !

JEAN BÊTE

Mademoiselle, du depuis que j'ai vu vot'belle poitrine, je prie Monsieur vot'père de trouver bon que je vous épouse là, z'en vrai mariage. J'ai toujours respecté Messieurs les bonshommes Cassandre, qui sont z'une famille au moins aussi étendue que les Troufignon. Il y a des bonhommes Cassandre dans tous les états : j'en ai vu dans l'épée, dans la robe, dans le sacerdoce, le ministère, la finance, et partout z'ils sont très estimés z'et parents en droite ligne de Messieurs Gobemouche qui sont z'aussi fort z'étendus.

CASSANDRE

Monsieur, Monsieur, vous nous faites beaucoup d'honneur de bien vouloir entrer dans ma famille par le canal de ma fille. J'ai fort l'honneur de connaître aussi MM. Moribond, qui sont sûrement z'une famille très comme il faut.

JEAN BÊTE

D'autant plus que vous rencontrez z'en moi, z'outre z'un médecin très éclatant, celui qui a déjà t'eu l'avantage d'administrer à Mam'selle le sacrement de fornication, z'en attendant celui du mariage.

GILLES, *en riant.*

C'est celui à qui j'ai chatouillé les côtelettes ce matin ? Ah ! ah ! ah ! ah !

ARLEQUIN *lui donne un coup de pied au cul et se remet gravement.*

Faut pas interrompre comme ça le fil d'une conversation.

GILLES, *se frottant la fesse.*

Pardine ! v'là z'un maudit apothicuflaire [63], toujours.

CASSANDRE, *en colère.*

Comment, vous êtes Monsieur le beau Léandre, celui qui a t'encanaillé ma fille et qui lui a si longtemps fourré *(il tousse)* l'amour dans la tête. Je vous avais donné ma parole, je vous la rôte ; on sait que les beaux Léandre ont de tous temps été les ennemis jurés des bonhommes Cassandre et que de père en flûte ils leur ont toujours fait des niches. Isabelle n'est pas pour vous, quoique vous l'ayez débauchée.

GILLES, *sautant.*

Bon çà, v'là qui parle pour nous. Personne n'en voudra plus, elle va rester fille, c'est pour mes menus plaisirs, attrape.

ARLEQUIN *lui donne un coup de pied au cul et se remet gravement.*

Vous interrompez toujours ! vous interrompez toujours !

GILLES, *se frottant la fesse.*

Comment on voit bientôt de queul métier sont les gens ; regardez s'il me vise ailleurs.

JEAN BÊTE

Monsieur le bonhomme Cassandre, si j'ai t'ébauchée Mameselle votre fille, je ne demande pas mieux que de l'achever de peindre, mais il est temps de vous dire z'à quelle fin tous mes tartagèmes et déguisements d'opéra, z'outre que Mam'selle a déjà z'été z'amoureuse de moi, folle de moi, grosse de moi, z'accouchée de moi, plus de cent fois. Z'il serait fâcheux qu'étant encore dans le cas de produire bientôt z'un nouveau z'emblème de note amour, on l'empêchât de rendre ce petit fruit-là tout doucement, comme elle l'a pris, et pour vous le couper court, Monsieur, je ne suis pas t'un véritable beau Léandre, comme vous le croyez, je m'appelle Jean Bête, Monsieur, auteur de parades, fils de Jean Broche, petit-fils de Jean Fonce, arrière petit-fils de Jean Loque, issu de Jean Farine, qui sortait de Jean des Vignes, lequel descendait en droite ligne de Jean sans Terre et de Jean sans Aveu, qui sont une famille aussi z'illustre que les bonshommes Cassandre. Vous saurez en outre qu'un de mes grands-pères...

CASSANDRE

Du côté des hommes ou des femmes ?

JEAN BÊTE

De tous les côtés, Monsieur, de tous les côtés.

CASSANDRE

Mais était-il votre grand-père paternel ?

JEAN BÊTE

Certainement, Monsieur, mon grand-père paternel, maternel, fraternel, tanternel, sempiternel. Il fut ce fameux Jean Broche, qui fourrait z'un fer rouge dans le cul des passants, sur le Pont Neuf, pendant le grand hiver. Ceux qui ne s'en souciaient pas lui payaient z'au moins le charbon, ce qui fit sa fortune en peu de temps. Son fils devint secrétaire du roi, langueyeur de porc[64], Monsieur ; son petit-fils maître des raquettes[65], intendant, et est z'aujourd'hui conseiller rapporteur en la Cour, qu'est mon cousin Lalure. Jean Broche, Mademoiselle, que vous connaissez sûrement, Jean Broche le père, Jean Broche la mère, Jean Broche la fille, et toute la famille Jean Broche tiennent beaucoup aux Troufignon dont que vous sortez, parce que feue Manon Jean Broche, ma grand-tante, épousit z'un Troufignon, lequel avait z'une grande balafre au milieu de la barbe qu'il avait z'attrapée dans la marche d'Ancône, ce qui lui rendait la bouche tout de travers et ne laissait pas de lui gâter un peu le visage. Mais le mariage ne s'en fit pas moins en Languedoc à Tarascon. Il n'y a pas longtemps qu'ils sont morts z'à Beaune, où z'une branche de Messieurs Jean Bête qui z'y fleurit beaucoup leur fait faire tous les ans un beau service avec un cataplasse[66] magnifique ousqu'on y débite un discours superbe et catalogue au sujet ; v'là, Monsieur, quelle est ma postérité.

ISABELLE *se met à genoux.*

Mon ch'père, je me jette à vos jambes. Permettez que j'entre aussi dans la famille des Jean Broche. Je ne savais pas que mon cher z'amant fût Jean Broche par le côté des femmes, mais je m'en suis toujours doutée à ses bonnes façons.

CASSANDRE

Monsieur, Monsieur, z'en ce cas-là, c'est z'une grande différence. Vous parlez des bonhommes Cassandre. Où est-ce qu'il y a z'une famille aussi z'étendue que Messieurs Jean Bête ? C'est bien d'eux qu'on peut dire qu'il n'y a pas d'état, ni de grade, dans le monde, où ils ne remplissent les premières places, mais il y avait longtemps que je désirais rencontrer un des Messieurs Jean Bête qui eut la bonne foi de porter son véritable nom, sans avoir jamais pu y réussir. Z'on a beau les reconnaître partout, ils aiment mieux se faire passer pour conseillers Gobe-Mouche, insipides savants, ignorants Sorboniqueurs, fades poèteraux, forfantiers militaires, financiers lourdets et faquinets courtisans, que de dire tout uniment comme vous : Messieurs, je m'appelle Jean Bête, fils de Jean Broche, petit-fils de Jean Fonce, etc. Ah ! Monsieur, z'en faveur d'une pareille sincérité, je me fais un honneur infini de vous donner ma fille, d'autant plus que l'ayant dévirginée plus de cent fois z'à bouche que veux-tu, vous devez savoir ce qu'en vaut l'aune l'un de l'autre. Approchez mes enfants, je n'ai pas t'une pièce de douze sous à vous donner, mais ma bénédiction ne vous manquera non plus que l'eau du puits. Ma fille, voilà Monsieur Jean Bête que je vous mets dans la main ; usez-en maintenant comme des choux de votre jardin, et vous, Monsieur Jean Bête, voilà ma fille que je vous accorde : la voulez-vous pour votre femme naturelle ? *(Jean Bête met un genou à terre devant Isabelle sans parler.)*

CASSANDRE

Vous ne répondez pas ?

JEAN BÊTE *serre Isabelle dans ses bras sans se lever.*

Monsieur Cassandre, qui consent ne dit mot.

CASSANDRE

Je ne veux pas t'en entendre davantage, mon gendre, et qui comprend z'est heureux. Vous m'avez charmé d'une seule parole et puisque les mariages sont z'écrits au ciel comme je le vois par tout ce qui m'arrive aujourd'hui, je n'ai rien de plus pressé que de vous faire z'épouser bien vite l'un et l'autre devant z'ou derrière le chœur de l'Église, comme vous voudrez. Queu quantième avons-nous aujourd'hui Gilles ?

GILLES

Je n'en sais rien, Monsieur Cassandre, mais n'y a qu'à compter. C'était vendredi le 1er dimanche du mois, jeudi prochain c'est le Mardi gras : il est bien aisé t'à c't'heure...

CASSANDRE

Ah ! je me reconnais. Nous tenons t'aujourd'hui le trente-quatre, fête de saint Charles, et z'un jour trop z'agréable dans le canton, pour que nous ne l'employions pas t'à nous réjouir comme les autres.

ISABELLE

Et de quoi guérit-il saint Charles ? Saint Roch z'est pour la rage, saint Hubert pour la peste [67], saint François z'à t'un cordon assez méritoire, chacun z'a son petit district, qu'est-ce qu'il z'a fait, saint Charles, mon ch'père ?

CASSANDRE

Ce qui z'as fait ? Et pardienne, t'es donc sourde ? Est-ce que tu ne les entends pas tous crier ? C'ti-ci ? z'il a sauvé not'père. C'ti là ? z'il a marié notre fille. C't'autre ? il fait subsister not'maison. Dans ce coin-ci ? j'équions ruiné sans lui. Dans ce coin-là ? z'il est le soutien des familles. Un peu plus loin ? z'il est le père des pauvres, et tretous ensemble ? puisse-t-il vivre encore cent ans ! *(Il crie en se bouchant les oreilles.)* Eh !

Messieurs ! Messieurs, je vous crois, je le désire aussi, mais vous nous gueulez tous aux oreilles, que c'est un train z'à rendre les gens sourds.

ISABELLE

Où voyez-vous donc tout ça, mon ch'père ? Il n'y a personne ici. Est-ce qu'il devient z'imbécile, donc ?

JEAN BÊTE

Tout ce qu'il a dit z'est vrai, ma chère Zirzabelle, excepté qu'il a z'orné la fin de son discours d'une image d'théorique. Monsieur votre père est z'un Cicéron qui z'a toujours brillé dans le style ratoire[68]

GILLES

Oh ! dame, quand il s'y met, c'est z'un vrai p'tit *Volterre à terre.*

ARLEQUIN *lui donne un coup de pied au cul et se remet gravement.*

Ce qu'on dit là ne vous regarde pas, z'on parle d'un Charles et vous vous appelez Gilles.

GILLES

Morguienne ! avertissez donc quand vous frappez, z'on se rangera.

ISABELLE

Mon cher z'amant, je crois que vous m'en contez un peu, et ce n'est pas bien à vous ni à mon ch'père d'abuser z'avec des contes moraux l'innocence d'une jeunesse nubile comme je puis t'être. Ousqu'il y a t'un saint dans ce monde-ci qui ne soit pas depuis ben longtemps dans l'autre ? Moi, je n'en ai jamais vu que dans la châsse Saint Ovide et dans l'almanach.

JEAN BÊTE

Je vais, ma charmante, vous expliquer ça tout aussi clair que six et six font quinze. C'est qu'ils disent comme ça qu'ils chôment à la fois deux saints du même nom. Le Charles qui z'est mort et que personne ne connaît, et le Charles qui est vivant et que tout le monde z'aime. L'ancien qu'est bon (dit M. le Curé) pour l'autre monde, et le nouveau que nous savons tous, qu'est ben pus meilleur pour celui-ci. C'ti-là qu'on z'écorche en latin au lutrin, et c'ti-ci qui mérite ben qu'on le caresse en bon français. Enfin le saint Charles de Rome qui ne nous vient z'en passade, une fois par an, que pour user not' encens et nos cierges, et le saint Charles d'Étioles, que chacun de nous retrouve à tous moments dans ses besoins pressants. Pour moi, je suis de leux avis, mais les saints que je fête plus volontiers sont les gens qui font du bien.

GILLES

Vivat aussi ! c'était la Toussaint, il y a trois jours[69] ; n'ayez pas peur qu'ils aient fourré c'ti-ci dans la mêlée z'avec la foule : il leux est trop cher pour ça.

ARLEQUIN, *un coup de pied au cul à Gilles et se remet gravement.*

Mais qu'est-ce qui vous demande vot'avis ? Vous mettez toujours vot'nez dans les matières des autres.

GILLES, *se frottant la fesse.*

Oh ! c'est ben là z'un vrai propos de seringue, va ! Maudit vise au trou[70] ! si tu n'avais pas t'une arme aussi z'entrante, je t'aurais déjà t'éreinté.

CASSANDRE, *à Jean Bête.*

Mais puisque vous en savez tant, not'gendre, expliquez-vous donc z'aussi comment que ça se fait que deux saints s'appellent de même ?

JEAN BÊTE

Ah ! c'est que le nom de famille de l'ancien z'a servi de nom de baptême au nouveau, v'là comme, z'en fait de saints, ça s'est toujours z'enfilé de l'un z'à l'autre, dans tous les siècles des siècles. Par exemple, moi qu'ai l'honneur d'être Monsieur Jean Bête, *(il ôte son chapeau, tous font de même),* le saint dont auquel j'ai succédé z'au nom s'appelait de famille Jean. C'ti-là qui voudra z'hériter du mien (je suppose), z'un chacun voit bien comment z'il faudra qu'il se nomme.

ISABELLE

Queux esprit spirituel que mon Jean Bête ! c'est z'une chiclopédie [71] !

CASSANDRE

Mais, not'gendre, quand z'on a quet'chose à dire z'à l'un des deux saints, comment fait-on pour les reconnaître ?

JEAN BÊTE

Ah ! ah ! ah ! demandez-leux à tous s'il y en a z'un seul qui s'y trompe ? Ils vont se mettre à genoux cagneux devant celui-là ; *saint Charles Borromée priez pour nous ;* z'y viennent tout bonnement à celui-ci ; *saint Charles bien-aimé, obligez-nous.* Je ne sais pas si le Borromée z'accorde toujours ce qu'on lui demande, mais pour le bien-aimé z'il est sûr qu'il n'y manque jamais.

GILLES

Ah ! ben, laissons en paix ce la Ramée [72] et chantons tous le bien-aimé.

ARLEQUIN, *un coup de pied au cul à Gilles et se remet gravement.*

Ce petit garçon-là z'est incorrigeable, z'on ne peut pas lui former le tempérament z'au silence !

GILLES, *se frottant la fesse.*

Ah ! jerni, t'encore ?

CASSANDRE

A qui que t'en as donc toujours, Gilles ? On n'entend que lui, ce Jérémie !

GILLES

Oui, puisqu'il faut le dire en musique, oui, *gérésol* toujours son vilain pied z'à mon cul, *ça a mi la* mes fesses en *beu farcy* z'et mon croupion en *délabré*, z'entends-tu, vieux, *ce sol ut ?*

CASSANDRE

Queux inondation de platitudes !

SCÈNE X

LES ACTEURS PRÉCÉDENTS,
LES PAYSANS DU VILLAGE

UN JEUNE GARÇON

Ah ! Monsieur Jean Bête, faites-nous donc des couplets pour chanter quand nous irons au devant de not'seigneur, z'avec nos branches de bouquets.

JEAN BÊTE

Quoi ! vous n'avez ni chansons ni vers à lui lâcher c't'année ?

UNE JEUNE FILLE

Nous avons cherché z'un poète dans tout le village par mer et par terre, mais nous n'en avons pas tant seulement pu z'attraper la queue d'un, Monsieur Jean Bête.

JEAN BÊTE

Ah ! qu'il va t'être charmé de vot'accident !

LA JEUNE FILLE

Pourquoi donc ça ?

JEAN BÊTE *chante :*

D'compliments z'il en a par d'sus la tête
Qu'eux gaux [73] pour lui ! Z'il va passer sa fête
Sans vermisseaux, sans couplets ennuyeux.
C'est ben gracieux,
Très gracieux,
Fort gracieux !

Tout le monde répète en chorus :

C'est ben gracieux,
Très gracieux,
Fort gracieux !

JEAN BÊTE

Deuxième couplet.

N'savez-vous pas qu'c'est un homme modeste,
Qui craint l'z'éloges et les fuit com' la peste ?
Je l'vois là-bas qui m'approuve des yeux.
C'est ben gracieux, etc.

LE CHŒUR

C'est ben gracieux, etc.

JEAN BÊTE *chante :*

Troisième couplet.

Dit'lui : J'devions vous jouer chacun z'un rôle,
Mais d'puis huit jours j'ons perdu l'maît'd'école
Qui f'sait nos vers, il répondra : Tant mieux.
C'est ben gracieux, etc.

LE CHŒUR

C'est ben gracieux, etc.

JEAN BÊTE

Quatrième couplet.

Qu'tous les garçons lui fass' la révérence,
Qu'parmi les filles la plus gentill' s'avance
Et vous l'baise en godinett'[74] sur les yeux,
V'là c'qu'est gracieux, etc.

LE CHŒUR

Vl'à c'qu'est gracieux, etc.

JEAN BÊTE

Ce n'est pas là z'encore ma seule raison pour vous r'fuser des couplets, mais c'est que j'ai juré de n'en plus faire. Si vous saviez ce qui m'est arrivé c't'été !...

ISABELLE

Et quoi donc, Monsieur Jean Bête ?

JEAN BÊTE *chante :*

Cinquième couplet.

J'fais des vers en prose pour une Nanette,
Elle me r'mercie. Les v'là dans sa pochette,
Quat'jours après, j'les r'trouvis dans les lieux,
C'est ben gracieux, etc.

LE CHŒUR

C'est ben gracieux, etc.

GILLES, *riant.*

Ah ! ah ! ah ! ah ! v'là ben l'pus bon, le dernier, c'est le couplet d'l'auteur. Ah ! ben, tenez, Monsieur Jean Bête, je vous conseille c'te fois-ci d'être constipé pendant pus de quinze jours, car vous pourriez ben rencontrer dans le p'tit endroit que vous venez de dire tout ce que vous nous avez fait z'étudier z'aujourd'hui.

ARLEQUIN, *un coup de pied au cul de Gilles et se remet gravement.*

Tu peux être sûr que toutes les fois que tu parleras, c'est pour ton cul mon pied, je te le garde.

GILLES *en colère, se frottant la fesse.*

Ah ! c'est trop fort z'à la fin, est-ce que tu ne sais pas qu'on ne touche là qu'avec le nez ? Lâche que tu z'es ! tu n'oserais te mesurer avec moi à z'armes égales.

ARLEQUIN

Je n'oserais, dis-tu ?

GILLES

Quitte donc ta seringue, puisque tu vois que je n'ai pas de pot de chambre pour te répondre.

ARLEQUIN *jette sa seringue.*

Tu vas voir si j'ai besoin d'elle pour te manger le blanc du cul jusqu'à la prunelle. *(Il ôte sa robe.)* Reconnais-moi donc, je suis l'ours.

GILLES, *effrayé.*

Ah !

JEAN BÊTE *ôte sa robe de médecin.*

Et moi le Turc.

TOUT LE MONDE, *surpris.*

Ah !

LE CHEVALIER, *armé de toutes pièces de l'intermède espagnol*[75] *entre et dit.*

Et moi le Diable, car il faut qu'il se fourre partout. *(Tout le monde crie et s'enfuit.)*

(Il reste seul au milieu du théâtre, en silence. Il est garni sur ses armes d'artifices de table, de la tête aux pieds, avec des estoupilles[76] *qui se communiquent. Deux personnages habillés comme dans la scène des ombres de l'intermède*[77] *arrivent tenant dans chaque main une gerbe allumée. Ils tournent et mettent le feu à deux gerbes, que tient de même le chevalier armé, avec lesquelles il allume le reste de son artifice. Pendant ce temps l'orchestre, avec cors de chasse en pleine trompe et timbales, joue la marche du roi de Prusse, comme dans les fêtes publiques.)*

ARLEQUIN *en ours, rentre à cheval sur les épaules de Gilles, qui court comme un homme qui fuit, et s'arrête enfin devant les spectateurs.*

Messieurs, si notre spectacle vous a paru froid, au moins serez-vous forcés de convenir qu'il a fini chaudement[78].

DOSSIER

VIE DE BEAUMARCHAIS

1732-1799

1732 24 janvier : naissance de Pierre-Augustin Caron à Paris. Fils d'un horloger de la rue Saint-Denis, il a cinq sœurs.

1742-1745 Il fait ses études à l'école d'Alfort.

1745-1753 Apprenti horloger chez son père ; après une période de contestation et de révolte, il signe avec lui un traité qui définit ses obligations et ses droits.

1753 Il invente un système d'échappement dont l'horloger Lepaute tente de se faire passer pour l'auteur. Le jeune Caron s'adresse à l'Académie des sciences.

1754 L'Académie des sciences lui donne raison. Juillet : il s'introduit à la Cour, grâce à son talent d'horloger.

1755 Novembre : il achète à M. Franquet, en viager, la charge de Contrôleur de la Bouche du roi.

1756 Mort de M. Franquet. Pierre-Augustin Caron épouse sa veuve, le 27 novembre. Elle lui apporte la terre du Bois Marchais, et il prend le nom de Caron de Beaumarchais.

1757 Septembre : mort de sa femme.

Vers 1758-1760 Il devient maître de harpe des filles de Louis XV. Il se lie d'amitié avec deux importants financiers : le vieux et richissime Pâris-Duverney et Charles Le Normand, époux infortuné de la marquise de Pompadour et propriétaire à Étioles d'un château où seront jouées les parades de Beaumarchais.

1760 Août : Beaumarchais obtient que Louis XV vienne visiter l'École militaire, fondée par Pâris-Duverney. En reconnaissance, celui-ci l'associe à ses opérations.

1761 Il achète la charge de Secrétaire du roi, qui confère la noblesse. Il veut acheter la charge, plus importante encore, de Grand-Maître des Eaux et Forêts, mais on la lui refuse, parce qu'il est né roturier.

1763 Il achète la charge de Lieutenant général de la Varenne du Louvre, qui lui donne juridiction sur les délits de chasse commis sur le domaine royal. Il achète également une belle maison au 26 rue de Condé. Il envisage d'épouser Pauline Le Breton, jeune créole de Saint-Domingue.

1764-1765 Séjour en Espagne. Il arrive à Madrid le 18 mai 1764 et en repart sans doute en mars 1765. Il tente sans succès d'obliger l'Espagnol Clavijo, amant de sa sœur Marie-Louise, à épouser celle-ci et s'engage dans de nombreuses négociations, financières, amoureuses et peut-être politiques.

1766 Il rompt avec Pauline Le Breton dont la fortune est insuffisante et qui s'est lassée de l'attendre. Il achète une partie de la forêt de Chinon.

1767 29 janvier : il fait jouer sa première pièce, le drame d'*Eugénie*, à la Comédie-Française. Mais il a probablement déjà fait jouer des parades à Étioles.

1768 11 avril : il épouse une riche veuve, Geneviève Lévêque. Naissance de son fils, Pierre-Augustin-Eugène.

1770 13 janvier : création de son deuxième drame, *Les Deux Amis*, à la Comédie-Française.
Juillet : mort de Pâris-Duverney, âgé de quatre-vingt-sept ans. Son héritier, le comte de La Blache, refuse de reconnaître sa dette envers Beaumarchais.
Novembre : mort de sa femme Geneviève.

1772 Octobre : mort de son fils, Pierre-Augustin-Eugène.
Le Barbier de Séville, opéra-comique, est proposé au théâtre de l'Opéra-Comique, qui le refuse.

1773 3 janvier : *Le Barbier de Séville*, comédie en quatre actes, est reçu à la Comédie-Française et immédiatement mis en répétitions.
Février : une querelle violente éclate entre le duc de Chaulnes et Beaumarchais, devenu l'amant d'une comédienne, Mlle Ménard, maîtresse en titre du duc. Pour éviter le scandale, on met Beaumarchais en prison au For-L'Évêque. Avril : il obtient l'autorisation d'aller solliciter le conseiller Goezman pour son procès contre le comte de La Blache.

Goezman donne raison à ce dernier.
8 mai : Beaumarchais sort du For-L'Évêque et demande en vain à Goezman la restitution de l'argent qu'il avait dû verser pour être reçu.
21 juin : Goezman dépose contre Beaumarchais une plainte en tentative de corruption de magistrat.
5 septembre : Beaumarchais publie son premier Mémoire contre Goezman.
18 novembre : deuxième Mémoire.
20 décembre : troisième Mémoire.

1774 12 février : quatrième Mémoire. La représentation du *Barbier de Séville* est remise à une date ultérieure.
26 février : jugement dans l'affaire Goezman-Beaumarchais. Goezman est révoqué, mais Beaumarchais est « blâmé », c'est-à-dire privé de ses droits civiques.
Mars-avril : Beaumarchais, devenu agent secret, négocie à Londres avec le maître chanteur Théveneau de Morande la destruction d'un pamphlet contre Mme du Barry, maîtresse de Louis XV.
10 mai : mort de Louis XV.
Juin-octobre : Beaumarchais s'en prend à un autre maître chanteur, appelé tantôt Angelucci et tantôt Atkinson, qui avait attaqué Louis XVI et Marie-Antoinette. Il le poursuit de Londres à Nuremberg, puis à Vienne où il est mis en prison pendant un mois.

1775 23 février : création à la Comédie-Française du *Barbier de Séville,* comédie en cinq actes. La pièce échoue et Beaumarchais la ramène immédiatement à quatre actes.
26 février : deuxième représentation du *Barbier de Séville,* réduit à quatre actes. Succès triomphal.
Avril-novembre : toujours agent secret, Beaumarchais règle une autre affaire de chantage avec le chevalier d'Éon, à Londres, qui détenait des documents secrets sur la politique anglaise de la France.

Fin 1775 Beaumarchais appartient à la tendance préconisant l'engagement de la France aux côtés des colonies d'Amérique révoltées contre l'Angleterre.

1776 Mort du prince de Conti, qui avait encouragé Beaumarchais à écrire *Le Mariage de Figaro.*
10 juin : le ministre français des Affaires étrangères, Vergennes, donne secrètement à Beaumarchais un million de livres, pour ravitailler les colonies d'Amérique.

4 juillet : déclaration d'indépendance des États-Unis.
6 septembre : l'arrêt de « blâme » condamnant Beaumarchais est cassé et celui-ci est réhabilité.

1777 5 janvier : naissance d'Eugénie, fille de Beaumarchais et de sa maîtresse Marie-Thérèse de Willermaulaz.
3 juillet : fondation de la Société des Auteurs dramatiques, dont Beaumarchais est élu président.

1778 13 mars : la France reconnaît les États-Unis.
21 juillet : le Parlement d'Aix, devant qui Beaumarchais a fait porter son procès contre le comte de La Blache, condamne ce dernier.

1779 Beaumarchais commence à préparer l'édition des œuvres complètes de Voltaire, qui sera publiée à Kehl, en Allemagne.

1781 29 septembre : *Le Mariage de Figaro* est reçu « par acclamation » à la Comédie-Française. Mais Louis XVI interdit la représentation. Beaumarchais fera nommer successivement six nouveaux censeurs.

1783 Juin : une représentation privée organisée par la Comédie-Française pour le comte d'Artois, frère du roi, est interdite au dernier moment.
Septembre : une autre représentation privée a lieu chez le comte de Vaudreuil, à Gennevilliers.

1784 27 avril : création triomphale du *Mariage de Figaro* à la Comédie-Française.

1785 A la suite d'un nouveau scandale, Beaumarchais provoque l'irritation de Louis XVI et est incarcéré à la prison de Saint-Lazare du 8 au 13 mars. *Le Mariage de Figaro* a déjà eu 73 représentations.
Août : reprise des représentations du *Mariage de Figaro* à la Comédie-Française.
19 août : représentation du *Barbier de Séville* à la Cour, avec le comte d'Artois dans le rôle de Figaro et la reine Marie-Antoinette dans celui de Rosine.
Novembre : Beaumarchais, intéressé à la Compagnie des Eaux des frères Périer, polémique contre Mirabeau, le futur révolutionnaire, porte-parole d'une compagnie rivale.

1786 8 mars : Beaumarchais épouse sa maîtresse Marie-Thérèse de Willermaulaz, mère d'Eugénie.
1er mai : création des *Noces de Figaro* de Mozart à vienne.

1787 Polémique violente et confuse contre le banquier Kornman et l'avocat Bergasse.
Beaumarchais achète à la porte Saint-Antoine, près de la Bastille, un terrain où il fera bâtir une vaste maison.
8 juin : il fait jouer son opéra de *Tarare* à l'Opéra.

1790 3 août : reprise de *Tarare,* avec un nouveau dénouement où apparaît l'idée de la monarchie constitutionnelle.

1791 13 janvier : sur la suggestion de Beaumarchais, l'Assemblée Constituante décrète qu'un ouvrage d'un auteur vivant ne peut être joué sans son autorisation pour les armées révolutionnaires.

1792 Beaumarchais propose de faire venir de Hollande des fusils.
26 juin : son drame de *La Mère coupable,* reçu, mais non joué, à la Comédie-Française, est créé au théâtre du Marais.
23-29 août : soupçonné à tort de cacher les fusils de Hollande, il est enfermé à la prison de l'Abbaye. Délivré, il part pour l'exil.

1793 Il publie ses *Mémoires des six Époques* sur l'affaire des fusils. Il est inscrit sur la liste des émigrés. Il va vivre misérablement, en Angleterre, en Hollande et en Allemagne.

1796 Juillet : il rentre en France.

1797 5 mai : la Comédie-Française joue *La Mère coupable.*

1799 18 mai : mort de Beaumarchais.

1816 Création du *Barbier de Séville* de Rossini à Rome.

1876 Première publication, par Édouard Fournier, de *Jean Bête à la foire.*

NOTICE

LE BARBIER DE SÉVILLE

La genèse du *Barbier de Séville* reste mystérieuse. Si les vicissitudes de la comédie sont assez bien connues, les formes antérieures, attestées par d'assez nombreux brouillons ou fragments, sont difficiles à préciser et ne peuvent être reconstituées qu'à l'aide d'hypothèses. En 1772, semble-t-il, le *Barbier* était un opéra-comique. Avant encore, à des dates qu'il est actuellement impossible de fixer, il a connu d'autres formes. On a longtemps cru que l'une de ces formes était une parade. Cette idée a été lancée par Lintilhac, dans sa thèse de 1887, où il analysait rapidement les personnages, parmi lesquels, à côté des types traditionnels de la parade, figuraient un Bartholo et une Rosine ; il ne donnait ni le titre ni le texte de la parade qu'il évoquait avec verve, mais sans précision. En 1965, E. J. Arnould a soumis ce qu'il appelle le « tour de passe-passe [1] » de Lintilhac à une critique véritablement destructrice. Il remarque qu'aucune des parades connues de Beaumarchais « n'a un sujet tant soit peu rapproché du *Barbier de Séville* » et que « ni Beaumarchais lui-même, ni aucun de ses contemporains, ni aucun de ses premiers biographes n'ont fait la moindre allusion à une parade de lui sur un sujet analogue [2] ». L' « hypothèse assez hardie » est néanmoins devenue « probabilité, puis réalité, quoique toujours sans aucune preuve positive [3] ». La position d'Enzo Giudici, qui publie son travail à peu près à la même époque, est plus nuancée. Il relève des

1. *La Genèse du « Barbier de Séville »*, p. 93.
2. *Ibid.*, p. 91.
3. *Ibid.*

éléments de parade jusque dans le texte définitif du *Barbier*[4], mais pense que la croyance à un texte du *Barbier* en forme de parade manque de tout fondement et ne peut être qu'une légende, comme Arnould a eu le courage de le montrer[5]. Il affirme à la fois l'inexistence d'une parade réellement rédigée sur ce sujet et la vraisemblance d'une filiation à travers des stades esthétiques divers, depuis l'ébauche originelle jusqu'au texte définitif, et il tente d'ordonner les fragments subsistants pour reconstituer cette filiation. La fragilité du terrain ainsi exploré a amené la critique sur Beaumarchais, pendant les années qui ont suivi, à des incertitudes et à des hésitations.

La publication en 1974 du *Sacristain* a considérablement clarifié la situation. Ce manuscrit de quelques pages se présente comme un « intermède imité de l'espagnol ». De fait, l'intermède (*entremes*) est un genre à la mode en Espagne ; petite pièce souvent hardie, il a pour héros le plus fréquent un *sacristan* dont l'équivalent ne se retrouve pas dans le théâtre français contemporain et qui joue le rôle du moine, volontiers séducteur, dans les vieilles farces françaises. Un autre personnage fréquent dans l'*entremes* espagnol est le barbier, peu répandu en France ; toujours gai, il est toujours accompagné de sa guitare[6]. Il est donc vraisemblable que *Le Sacristain* est postérieur au séjour de Beaumarchais en Espagne et que sa composition doit se situer entre 1765 et 1772. Point encore de Figaro, mais bien des éléments qui font prévoir, avec une liberté souvent indécente, le futur *Barbier*. L'héroïne s'y appelle Pauline, comme cette Pauline Le Breton que Beaumarchais aimait et à laquelle il est en train de renoncer lorsqu'il revient d'Espagne. Par d'autres fragments nous savons que cette Pauline deviendra plus tard Rosine. Dans la première scène du *Sacristain*, qui fait intervenir le chant, le récitatif et la parole, Pauline, qui est seule dans sa chambre, nous apprend qu'elle a pour amant Lindor, mais qu'elle a dû épouser Bartholo : l'avarice de mes parents, dit-elle, leur a « fait sacrifier mon bonheur à l'appât de quelques richesses, en me livrant à ce vieux Bartholo qui m'enferme toute la journée et ne m'a encore montré du mariage que les horreurs d'un odieux asservissement ». Malgré la surveillance de son « argus », elle a pu, grâce à des stratagèmes, recevoir la visite de son amant. Une fois, muni d'un billet de logement, déguisé en grenadier et semblant ivre mort, il a pu (plus heureux qu'Almaviva)

4. *Beaumarchais nel suo e nel nostro tempo*, p. 308.
5. *Ibid.*, p. 314-315.
6. Jean-Pierre de Beaumarchais, « Un inédit de Beaumarchais : *Le Sacristain* », dans : *Revue d'Histoire littéraire de la France*, novembre-décembre 1974, pp. 993-994.

passer une nuit dans la maison. Bartholo entre à la scène II et donne l'idée d'un autre stratagème. « J'ai entendu, dit-il, des bruits sourds, comme des gémissements, et puis un ferraillement, un tapage de chaînes, et des voix terribles qui me glaçaient d'effroi. » Il suggère qu'il s'agit de « revenants », mais Pauline commente, *à part :* « C'est peut-être un nouveau tour de Lindor. » Cette possibilité indiquée par le texte n'est pas mise en scène. On apprend ensuite que le mariage entre Bartholo et Pauline, bien que célébré depuis sept mois, n'a pas été consommé, et que Pauline prend des leçons de musique avec Dom Bazile. Ce dernier fait va justifier l'apparition de Lindor. Celui-ci se présente à Bartholo comme sacristain, élève de Dom Bazile et chargé par lui de le remplacer pour la leçon de musique à Pauline parce qu'il est malade. Une correction montre ici l'hésitation de Beaumarchais sur le statut de ses personnages : Bazile doit venir pour marier Bartholo et Pauline, qui donc ne seraient pas encore époux dans cette version. D'autres détails repris dans le *Barbier* apparaissent çà et là, ainsi que des allusions obscènes ; ainsi le « révérend père » que prétend être Lindor dit des maris tourmentés par les mauvaises humeurs de leurs femmes : « Tous nos Pères se font un plaisir de venir à leur secours et de les suppléer. » Il explique ensuite que « pour quelques pistoles d'or » Bazile lui a prêté son froc, qui semble avoir des vertus aphrodisiaques. Le manuscrit s'interrompt ici.

La parade de *Jean Bête à la foire* intervient dans cette genèse, mais plutôt comme un rameau latéral que dans le droit fil d'une évolution dont *Le Sacristain* est le témoignage le plus précis. *Le Sacristain* ne comporte ni les personnages typiques de la parade ni son style très spécial ; il n'est pas une parade, mais son intrigue se développe exactement selon les mêmes lignes générales que celle de *Jean Bête* et que celle du *Barbier de Séville :* dans les trois cas, un hardi jeune homme, aidé ou non par un valet, parvient, en utilisant comme stratagèmes divers déguisements, à conquérir la femme qu'il aime, malgré la surveillance de celui, mari, père ou tuteur, qui la tient en son pouvoir. Aussi bien le rapport entre *Le Sacristain* et *Jean Bête* est-il attesté par le fait qu'à la fin de la parade arrive un chevalier qui vient « de l'intermède espagnol » et qui allume le feu d'artifice concluant le spectacle. Un passage manuscrit relatif au *Sacristain* confirme que cette pièce fut jouée à Étioles en même temps que *Jean Bête*[7]. Après 1772, Beaumarchais ne recommencera pas les hardiesses du *Sacristain,* mais ne reniera nullement le ton de la parade. C'est ce que montre le *Compliment de clôture* du *Barbier de Séville :* écrit

7. René Pomeau, « *Le Barbier de Séville :* de l'" intermède " à la comédie », *ibid.*, p. 968.

sans doute en 1775, mais non joué à cette époque à cause de la tension entre Beaumarchais et la Comédie-Française due au problème des droits d'auteur, ce *Compliment* devra attendre beaucoup plus tard pour être joué au théâtre du Marais, sans doute en 1792 ou 1793. Bartholo y parle comme dans la parade, en disant, par exemple : « C'est que j'ai une singularité fort... singulière », et la fin, où l'orchestre chasse les acteurs, est une fin de parade.

De la farce volontiers grossière à la comédie, l'évolution est donc assez nette, même si l'on éprouve quelque difficulté à préciser la forme exacte que peut revêtir chacun de ses stades. Les premières étapes sont d'une verdeur qu'accentuent des fragments manuscrits dont la place précise ne peut être indiquée, mais qui montrent bien comment fonctionnait l'imagination de Beaumarchais. Bartholo terrifié par des fantômes imaginaires est évoqué par cette chanson de Lindor :

Je fais le train
Comme un lutin
Jusqu'au matin.
Le misérable
Qui croit au diable
D'effroi pâlit,
Se sauve du lit.
Le bruit augmente,
Il se tourmente
Et laisse enfin
Rosine au sacristain[8].

Ailleurs, le goût des mots à double entente et la volonté de procurer au public un trouble plaisir se passent de commentaires :

Oui, les biens, le rang et les honneurs
Ouvrent l'accès auprès des belles,
Mais il suffit avec les plus rebelles
D'avoir un beau...
D'avoir un grand...
Un grand talent pour séduire les cœurs[9].

D'autres détails précisaient durement que Bartholo était impuissant[10] ou que le séducteur Lindor était lui-même marié[11]. Mais

8. Arnould, *op. cit.*, p. 101. Au dernier vers, Beaumarchais avait d'abord écrit : Pauline.
9. *Ibid.*, p. 105.
10. *Ibid.*, p. 102.
11. René Pomeau, article cité, p. 969.

Beaumarchais cherchait aussi, et peut-être dès une époque ancienne, la voie vers une comédie susceptible d'une représentation publique sans scandale. Dans un brouillon de dénouement, qui peut se rapporter à l'époque du *Sacristain,* le Comte révèle qu'il est en réalité, non Lindor, mais Almaviva. Auprès de lui, apparaît un Figaro, héritier de l'Arlequin des parades. Dans cette version, le Comte est redevenu célibataire, et Rosine jeune fille [12]. Par ces chemins incertains, le vieillard imbécile dupé par un jeune homme peu scrupuleux fait place à un conflit mieux équilibré et mieux socialisé, plus acceptable pour un public policé et volontiers moralisateur. Pour que cette transformation ait lieu, il faudra non seulement que les formes se plient aux convenances des théâtres publics, mais que la victime devienne intelligente, pour que puisse naître un véritable conflit dramatique.

C'est peut-être ce qui se passe dès le stade où le *Barbier* se présente comme opéra-comique. Car le texte exact de cet opéra-comique ne nous est pas connu, et bien des fragments épars lui ont été attribués avec une générosité sans contrôle, ou bien ont été donnés à la « parade » de Lintilhac, ou bien sont restés des fragments épars. Des *Observations* que nous possédons sur *Le Barbier de Séville* opéra-comique [13], il semble résulter que celui-ci connaissait déjà les grandes lignes qui vont être celles de la comédie et que Beaumarchais s'était surtout soucié de développer les parties musicales. Aussi bien le recours au théâtre de l'Opéra-Comique était-il, Beaumarchais s'en est sans doute rendu compte assez vite, une fausse manœuvre. Créé en 1762 par la fusion de la Comédie-Italienne avec l'ancien Opéra-Comique, ce théâtre avait connu une brève prospérité à cause de l'incendie, en 1763, de l'Académie royale de Musique. Mais il était en 1772, quand Beaumarchais lui propose son œuvre, en pleine décadence, et la valeur de l'intrigue du *Barbier,* supérieure à son originalité musicale, désignait mieux la pièce à la Comédie-Française.

Le reste de l'histoire du *Barbier de Séville* est bien connu. Les recensements effectués par E. J. Arnould permettent de suivre l'évolution, sur les manuscrits conservés, dans le plus grand détail. Il faut cependant observer que leurs différentes versions présentent des ressemblances souvent précises jusqu'à l'identité. Il ne s'agit donc là sans doute que de la dernière phase du travail de Beaumarchais, correspondant à un stade déjà très élaboré. Le vrai travail créateur a dû avoir lieu auparavant, et beaucoup de traces écrites, malheureusement, nous en échappent.

12. *Ibid.,* p. 973-975.
13. Dans Arnould : *op. cit.,* pp. 96-98.

La version acceptée par la Comédie-Française au début de 1773 avait quatre actes. Elle diffère très peu de la version définitive. A la fin de 1774 et au début de 1775, Beaumarchais, enhardi parce qu'il est rentré en grâce auprès du gouvernement français, porte sa comédie à cinq actes. Il y parvient en dédoublant l'acte III. Mais comme la structure de l'action n'était pas modifiée, le nouveau quatrième acte était alimenté par un comique presque uniquement verbal, qui lassa vite. Même ailleurs, les plaisanteries étaient souvent poussées trop loin. Ainsi Figaro disait : « J'ai passé la nuit gaîment avec trois ou quatre buveurs de mes voisines[14]. » Le contraste entre le vieux La Jeunesse et le nom qu'il porte était encore plus accusé lorsqu'on l'appelait « Antiochus Herodes Mathusalem La Jeunesse[15]. La mule, dont il n'est question qu'incidemment dans le texte définitif, s'appelait « Castagna Petcrrada... ainsi vulgairement nommée de sa couleur châtaigne et d'une affection venteuse[16] »... Bazile se définissait inutilement après avoir agi ; il disait : « Trop pauvre pour nourrir une femme et pas assez riche pour payer une maîtresse, je me suis fait sage de mon métier [et] jeté dans le rigorisme[17]. » D'autres plaisanteries furent exclues de la version en quatre actes comme de celle en cinq actes, mais passèrent au *Mariage de Figaro*. Ainsi la tirade sur *Goddam* (écrit d'abord *Goddem*[18]) ou les répliques adressées à l'Alcade de la fin du *Barbier*[19] qui seront réutilisées par le Brid'oison du *Mariage*. Parfois, en suivant jusque dans le détail le travail de Beaumarchais sur le texte, on le voit céder à un certain démon du mauvais goût, puis se reprendre. Bartholo disait à Rosine : « Puisque la paix est faite, ma brebis, donne ta menotte au vieux loulou[20]. » Ailleurs, il disait, parlant des « vertus à principes » de certaines femmes : « Nul galant homme ne pouvait les aborder, un rustre avait le passe-partout. » Ce dernier membre de phrase est corrigé en : « Un rustre en faisait son dessert. » Puis : « Un rustre avait opéré le miracle de leur séduction. » Puis, aucune de ces versions n'étant satisfaisante, tout était supprimé[21].

D'autres recherches de style, qui ne sont pas meilleures, nous sont connues par le témoignage de Métra, qui assistait à la première représentation. La pièce, écrit-il, « est remplie de plaisanteries

14. Arnould, *op. cit.*, p. 146.
15. *Ibid.*, p. 319.
16. *Ibid.*, p. 321.
17. *Ibid.*, p. 373.
18. *Ibid.*, p. 151.
19. *Ibid.*, pp. 407 à 415.
20. *Ibid.*, p. 273.
21. *Ibid.*, p. 223.

plates, de bouffonneries grossières, et même de pensées très répréhensibles. On y reproche à une femme d'avoir prêté l'oreille aux tendres discours d'un homme décrié. Elle répond : " Enfin c'était un homme. " Un personnage demande à un autre " s'il est vrai qu'il ne croit point à la Sagesse ? — Non, car c'est une femme... Je ne confierais pas, dit Bartholo, ma femme à mon frère ni ma bourse à mon père ", etc. [22]. » Gudin de la Brenellerie, pourtant ami de Beaumarchais, résume bien l'impression générale lorsqu'il écrit : « La comédie qui nous avait enchantés à la lecture nous parut longue au théâtre. Une surabondance d'esprit amenait la satiété et fatiguait l'auditeur [23]. » Aussi, après l'échec de la première représentation, Beaumarchais n'eut-il qu'à supprimer toutes ces additions peu heureuses pour ramener son texte de cinq à quatre actes. Bientôt publiée, la pièce ne compte bien que quatre actes. Trois éditions s'en succédèrent rapidement. La première, qui contient déjà la *Lettre modérée,* porte une approbation du censeur Crébillon du 29 décembre 1774, un permis d'imprimer de Le Noir du 31 janvier 1775 et un achevé d'imprimer du 30 mai 1775. La deuxième, appelée « Nouvelle édition » et presque identique à la précédente, est revêtue d'un achevé d'imprimer de la même date. Une « Troisième édition » dont l'achevé d'imprimer est du 25 septembre 1775 ose, pour la première fois, une allusion plaisante au « blâme » de Beaumarchais (acte I, scène 2). Elle est généralement considérée comme la véritable édition originale, et j'en reproduis le texte.

JEAN BÊTE A LA FOIRE

La parade a d'abord été une sorte de pré-spectacle forain. Pour engager le public à entrer et à voir le véritable spectacle, qui était payant, on lui proposait d'abord une farce populaire, gratuite, qui jouait le rôle de la publicité et donnait envie d'aller plus loin. Le procédé est sans doute fort ancien. Il est décrit dans le *Théâtre des Boulevards ou Recueil de Parades,* ouvrage en trois volumes rassemblant de nombreuses parades et publié en 1756. On y lit que, « pour attirer le peuple dans leurs tripots », les « acteurs forains paraissaient sur un balcon très étroit et le plus long qu'il leur était possible, et c'est là qu'ils jouaient des farces de tête sur des plans qu'ils en avaient conservés par tradition, ou qu'ils avaient eux-mêmes composées ». Le balcon, lieu théâtral inclus dans l'édifice et pourtant d'une certaine manière extérieur à lui, a cette ambiguïté qui permet que la

22. Cité par Giudici, *op. cit.,* p. 395.
23. Cité dans Beaumarchais, *Théâtre complet* (Bibl. de la Pléiade), p. 737.

parade soit un passage ; et l'improvisation, qui apparente cette forme française à la *commedia dell'arte,* permet toutes les fantaisies et toutes les hardiesses. Dans les *Annonces* des *Bottes de sept lieues* de Beaumarchais, Arlequin dit aux spectateurs : « Ne vous amusez point plus longtemps avec ces dames, prenez vos billets et entrez dedans. » Tel était sans doute le fond du discours de la parade commerciale. Elle a dû connaître un vif succès lors du grand essor des foires à la fin du règne de Louis XIV, après l'expulsion des comédiens italiens en 1697.

Puis, ce genre populaire a peu à peu gagné un public bourgeois et aristocratique, qui prenait un plaisir piquant à ces formes très crues de spectacle et a eu l'idée, vers 1710-1730, d'en tirer une parade de société, à la fois caricature et adaptation de ces bouffonneries. L'écrivain qui nous renseigne le mieux sur cette évolution et sur le style très particulier des parades est Collé, dans un opuscule dont le titre même est significatif : *Manière de discours approfondi superficiellement sur l'origine originale et cocasse de la nature dénaturée de la parade.* Il y explique que de grands personnages assistaient discrètement aux parades improvisées dans les foires. « Ces gentilshommes, écrit-il, étaient déguisés en reguingottes, leux chapeaux sur leux têtes, et là ces bons masques t'avaient le plaisir incognito de voir pour rien représenter les parades que jouaient de dessus leux balcons, en dehors, Messieurs les danseurs de corde zavant qu'ils donnassent leux représentations véritables où l'on payait. » Grâce à cet intérêt, la parade est passée du balcon des théâtres de la Foire au salon des hôtels particuliers des grands seigneurs, et des écrivains se sont mis à composer des farces originales, plus ou moins inspirées des parades de la Foire, mais destinées à être jouées dans les salons. On a eu l'idée, dit encore Collé, de « conterrefaire ces bouffonneries pour servir de divertissement zaprès des soupers d'honnêtes femmes qui aiment ça ». Ainsi, de populaire qu'elle était à l'origine, la parade est-elle devenue littéraire et pseudo-populaire. Les contemporains, quand ils nous parlent de la parade, la méprisent au nom des « règles » et des convenances, mais ne font pas toujours la distinction entre les deux milieux bien différents dans lesquels elle s'est développée. Ainsi le *Dictionnaire* de Léris écrit : « On entend par ce terme de parade des farces ou petites comédies sans aucune règle, d'un style affecté et ridicule, remplies de pointes et de jeux grossiers, très libres et très satiriques, que les bateleurs donnent sur l'échafaud à la porte de leurs jeux pour attirer le public. » L'abbé Prévost est plus perspicace et distingue bien les deux formes de la parade : « Se dit aussi des bouffonneries que les opérateurs, les danseurs de corde, etc. font faire ou dire par leurs suppôts, pour piquer la curiosité des passants et s'attirer des spectateurs... C'est de là qu'est venu le nom de parade pour une sorte de comédie fort à la mode dans ces derniers temps, où le plaisant est poussé jusqu'au ridicule, par des caractères forcés, de fausses allusions, de mauvaises pointes et des peintures sans vraisemblance. »

Les procédés de la parade sont nombreux et tous sont représentés dans *Jean Bête à la foire,* qui est l'une des parades les plus élaborées et, si l'on ose dire, les plus parfaites du XVIIIe siècle. La première règle de la parade est d'évoquer des actions obscènes, mais plus par son fond que par son discours. Pas de mot choquant ou grossier, mais des situations hardies. Collé donne ce précepte : « Que le fond zen doit être zagréablement zordurier ; que ses ordures ne doivent sortir que de ce fond et n'y paraître ni zapportées ni plaquées. » Il ne faut pourtant pas confondre les parades avec le véritable théâtre clandestin, qui existait vers la même époque et offrait le spectacle d'activités sexuelles réelles. La parade, elle, se borne à proposer les jouissances détournées du langage, mais c'est précisément par là qu'elle s'ouvre la possibilité d'engendrer des œuvres littéraires. Le langage est chez elle en folie. Le style y est excessif, redondant, se moquant de sa propre ampleur, s'ébahissant de ses échos sonores. Et cette ivresse verbale commence avec les noms des personnages. Qu'ils s'appellent Arlequin ou Cassandre, qu'ils soient d'origine italienne ou française, ils apportent avec eux une promesse de joie. Jean Bête, nom également traditionnel, est à lui seul un jeu de mots. Jean Bête semble dire : j'embête. Son père Jean Broche dit : j'embroche. Son grand-père Jean Fonce : j'enfonce, avec les sous-entendus érotiques qui s'imposent. Dans le langage de tous les personnages fleurit le « cuir », par lequel les classes dirigeantes qui ont récupéré la parade se moquent de la gaucherie linguistique de leurs personnages-victimes pseudo-populaires. C'est encore Collé qui le définit le mieux : « Zon appelle *cuirs,* parmi les comédiens de province, les mauvaises liaisons des mots que font les acteurs qui n'ont pas t'eu zune certaine éducation soigneuse, qui zont été, zavant d' monter sur le théâtre, d'aucuns, garçons de billard, d'autres, moucheux de chandelles, laquais de comédiens de Paris, etc. Voici zun exemple de *cuirs* pris d'un prologue de la tragédie de Didon :

Za qui de commencer ? Ce n'est point za Didon,
Pas t'à vous, pas t'à moi, pas t'à lui, za qui donc ? »

Et il ajoute que cette sorte de prononciation faisait « rire à gueule ouverte et à ventre déboutonné tous ces seigneurs de la cour ».

La rime, révérée dans les grands genres, acquiert dans la parade une valeur comique. Ainsi l'Arlequin de *Jean Bête,* traité de mannequin, répond : « Je ne m'appelle pas Mannequin. Z'on me nomme Arlequin, fils de Vilebrequin, petit-fils de Maroquin, surnommé Chasse-Coquin. » La répétition, proscrite, quand elle est inutile, par les traités de rhétorique, s'épanouit jusqu'à l'absurde dans certaines parades. Ainsi *Le Remède à la mode,* qu'on a pu rapprocher du *Barbier de Séville* et qui figure dans le *Théâtre des Boulevards* de 1756, fait dire à l'un de ses personnages : « Pardonnez-moi, Monsieur, comme on m'a dit que vous étiez extrêmement curieux des curiosités les plus curieuses, je vous amène, Monsieur, une curiosité si curieuse que jamais curieux n'a exercé sa curiosité sur une chose plus curieuse. » L'usage du procédé chez Beaumarchais est en général plus discret. L'Isabelle de *Jean Bête* se bornera à dire à son père : « J'embrasse les pas de vos genoux. »

Par d'autres moyens, l'expression est constamment, volontairement et savoureusement fautive. Dans *Jean Bête,* Isabelle dit que Cassandre n'est que son « père zapocryphe », autrement dit son « bâtard ». Elle inverse volontiers les locutions les plus attendues, comme lorsqu'elle dit à Jean Bête : « En votre absence, les siècles me paraissent des jours. » Les mots à double entente sont aussi l'un des ornements obligés de la parade ; ils conviennent à un public friand de toutes les allusions, et en particulier de celles qui permettent d'évoquer ce qu'on n'ose pas dire. Ainsi Isabelle dit à son amant : « Quoique vous me fassiez grand plaisir, retirez-vous... Vous m'alarmez, vous me déchirez les entrailles, retirez-vous, retirez-vous, pour Dieu ! » Quand Gilles a le doigt enflé, Jean Bête, déguisé en médecin, déclare :

Il faut
Le fourrer
Dans un lieu chaud et serré.

Les autres caractéristiques que propose *Jean Bête* sont peut-être moins répandues dans l'ensemble des parades. Seules les plus hardies d'entre elles se permettent les effets de distanciation qui sont curieusement communs aux formes élémentaires du théâtre populaire et aux œuvres les plus blasées du XVIIIe siècle. Seules certaines parades, sans cesser d'être des farces, se soucient aussi d'être des œuvres de circonstance, destinées le plus souvent à apporter, à l'occasion d'un anniversaire, des compliments ou des cadeaux au maître de maison. La juxtaposition des deux fonctions est très claire dans *Jean Bête.* La pièce est d'abord une pure parade, un spectacle objectif, qui se termine par le mariage des amoureux. Puis on s'aperçoit que c'est la Saint-Charles et qu'il faut donc honorer Charles Le Normand, ce que la pièce fait encore assez longuement, et toujours avec esprit. Enfin, si beaucoup de parades sont conservatrices et ne s'intéressent qu'à la stylisation de leurs mécanismes et non aux réalités sociales, d'autres font une place à la satire. Le personnage traditionnel de Jean Bête, avec sa naïveté accusatrice proche de celle des Persans de Montesquieu, était de ceux qui permettaient d'aller dans cette direction. Un proverbe disait : « Quand Jean Bête est mort, il a bien laissé des héritiers. » Le *Jean Bête* de Beaumarchais énumère quelques-uns de ces héritiers, qu'il groupe autour de son héros, mais aussi autour de Cassandre, personnage « bête », lui aussi. A son futur beau-père, Jean Bête déclare : « Il y a des bonhommes Cassandre dans tous les états : j'en ai vu dans l'épée, dans la robe, dans le sacerdoce, le ministère, la finance, et partout z'ils sont très estimés, z'et parents en droite ligne de Messieurs Gobemouche, qui sont z'aussi fort z'étendus. » Quant aux nombreux Jean Bête, ils ne portent pas leur vrai nom : « Ils aiment mieux se faire passer pour conseillers Gobe-Mouche, insipides savants, ignorants Sorboniqueurs, fades poèteraux, forfantiers militaires, financiers lourdets et faquinets courtisans. » Presque tous les états sociaux sont ainsi égratignés.

Jean Bête à la foire est probablement la dernière parade de Beaumarchais. Nous en connaissons cinq autres. Elles ont sans doute été toutes jouées à Étioles, en l'honneur de Charles Le Normand ou de sa famille. Deux d'entre elles, très courtes, ne sont guère que des prétextes à des souhaits d'anniversaire. Dans *Colin et Colette,* les deux héros se jouent, à propos d'un bouquet qu'on veut offrir au seigneur du village, une jolie scène de dépit amoureux. Dans *Les Députés de la Halle et du Gros-Caillou,* maraîchers et poissonniers, qui apportent leurs cadeaux au seigneur, se disputent pour savoir qui entrera le premier. *Léandre marchand d'agnus* (c'est-à-dire de reliques), *médecin et bouquetière* et *Zizabelle mannequin* sont assez proches de *Jean Bête,* dont, avec des déguisements et des quiproquos différents, elles reproduisent assez bien l'action, l'atmosphère et les plaisanteries. *Les Bottes de sept lieues* sont plus originales. Elles sont le stratagème qu'utilisent Léandre et son valet Arlequin pour berner Gilles et enlever Isabelle à Cassandre. Arlequin gagne la confiance de Gilles en lui faisant croire qu'il est le fils de la mère Bridoie, connue de Gilles, et que pour cette raison on l'appelle Bridoison ; ainsi est établi un lien fantaisiste entre le juge Bridoye de Rabelais et le ridicule Brid'oison du *Mariage de Figaro.* Gilles se laisse chausser les bottes prétendues miraculeuses et Léandre en profite pour le ligoter et lui prendre les clefs de la maison. Il ne reste plus qu'à enlever Isabelle puis à la ramener à son père en prétendant que Léandre l'a arrachée à des brigands ; Cassandre consent au mariage.

Dans *Jean Bête à la foire* comme dans les autres parades de

Beaumarchais apparaissent parfois, avec les formes qu'imposent les traditions du genre, des situations qu'épanouiront les véritables comédies. Enzo Giudici a souligné que Jean Bête fait prévoir Figaro, mais que son rôle dans l'action est celui de l'Almaviva du *Barbier ;* la distinction entre les deux personnages n'est pas encore claire, à l'époque des parades, dans l'esprit de Beaumarchais : Léandre et Jean Bête sont à la fois Almaviva et Figaro. Cette indistinction n'empêche pas la gaieté la plus constante, et celle-ci à son tour n'est nullement incompatible avec les soins dont Beaumarchais entoure sa parade. A Étioles, elle est jouée, au moins une fois, par des parents ou des amis, mais aussi par des acteurs de la Comédie-Française, invités pour l'occasion. Quant au texte, Beaumarchais l'a revu, poli et perfectionné avec la plus grande minutie. Je reproduis ici le manuscrit de *Jean Bête à la foire* conservé à la Comédie-Française.

BIBLIOGRAPHIE SOMMAIRE

Œuvres de Beaumarchais.

1775 *Le Barbier de Séville ou la Précaution inutile,* Paris, Ruault.
1876 *Œuvres complètes,* éd. Édouard Fournier, Paris, Laplace, Sanchez et Cie.
1952 *Théâtre complet,* éd. René d'Hermies, Paris, Magnard.
1956 *Théâtre complet,* éd. Pascal Pia, Paris, Club Français du Livre.
1957 *Théâtre complet,* éd. Maurice Allem et Paul Courant, Paris, Gallimard.
1961 *Notes et réflexions,* éd. Gérard Bauer, Paris, Hachette.
1963 *Le Barbier de Séville,* éd. E. J. Arnould, Oxford, Blackwell.
1966 *Le Mariage de Figaro,* éd. Jacques Scherer, avec analyse dramaturgique, Paris, S.E.D.E.S.
1969 et suivantes. *Correspondance,* éd. Brian N. Morton, Paris, Nizet.
1974 *Le Sacristain,* éd. Jean-Pierre de Beaumarchais, dans : *Revue d'Histoire littéraire de la France,* novembre-décembre 1974, pp. 978-989.
1977 *Parades,* éd. Pierre Larthomas, Paris, S.E.D.E.S.
1980 *Théâtre,* éd. Jean-Pierre de Beaumarchais, Paris, Garnier.

Études.

1856 Louis de Loménie, *Beaumarchais et son temps,* Paris, Lévy.
1887 Eugène Lintilhac, *Beaumarchais et ses œuvres,* Paris, Hachette.
1888 Gudin de la Brenellerie, *Histoire de Beaumarchais,* éd. Maurice Tourneux, Paris, Plon.

1901 Duc de Caraman, *La Famille de Madame de Pompadour,* Paris, Lecène.
1928 Pierre de Nolhac, *Louis XV et Madame de Pompadour,* Paris, Conard.
1938 Louis Jouvet, « Beaumarchais vu par un comédien » dans : *Réflexions du comédien,* Paris, Flammarion.
1951 H. C. Lancaster, *The Comédie-Française, 1701-1774, plays, actors, spectators, finances,* Philadelphie, The American Philosophical Society.
1956 Gunnar von Proschwitz, *Introduction à l'étude du vocabulaire de Beaumarchais,* Stockholm et Paris, Nizet.
1960 Philippe Van Tieghem, *Beaumarchais par lui-même,* Paris, Le Seuil.
1961 J. B. Ratermanis et W. R. Irwin, *The Comic Style of Beaumarchais,* Seattle, University of Washington Press.
1964 Enzo Giudici, *Beaumarchais nel suo e nel nostro tempo : Le Barbier de Séville,* Rome, Edizioni dell'Ateneo.
1965 E. J. Arnould, *La Genèse du « Barbier de Séville »*, Dublin et Paris, Minard.
1967 René Pomeau, *Beaumarchais,* nouvelle édition, Paris, Hatier.
1968 R. Niklaus, *Beaumarchais, Le Barbier de Séville,* Londres, Arnold.
1969 Jacques Seebacher, « Beaumarchais », dans : *Histoire littéraire de la France,* tome III, Paris, Éditions Sociales.
1972 Duc de Castries, *Figaro ou la vie de Beaumarchais,* Paris, Hachette.
1972 Pierre Larthomas, *Le Langage dramatique,* Paris, Colin.
1974 J. Sungolowsky, *Beaumarchais* (en anglais), New York, Twayne.
1974 Maurice Descotes, *Les Grands Rôles du théâtre de Beaumarchais,* Paris, P.U.F.
1978 Jacques Scherer, « La scène de stupéfaction du *Barbier de Séville* », dans : *Studies in the French Eighteenth Century presented to John Lough,* Durham, University of Durham.
1980 Jacques Scherer, *La Dramaturgie de Beaumarchais,* 3e édition, Paris, Nizet.

NOTES

LE BARBIER DE SÉVILLE

Page 25.

1. Simon-André Tissot (1728-1797) : médecin suisse, auteur d'ouvrages de vulgarisation sur la santé.

2. Le *Journal encyclopédique* avait, dans son numéro du 1er avril 1775, publié un article critiquant les invraisemblances du *Barbier de Séville.*

Page 26.

3. Bâton de Jacob : Jacob franchit le Jourdain grâce à son bâton, mais le mot désigne aussi la baguette du prestidigitateur.

Page 27.

4. Mémoires : les quatre Mémoires contre Goezman (1773-1774).

5. Beaumarchais travaillait en effet dès cette date à son opéra de *Tarare,* qui ne sera joué qu'en 1787.

6. Il s'agit de l'auteur de la *Correspondance littéraire secrète,* dans son numéro du 25 février 1775.

Page 29.

7. Coqueluchons : capuchons. Panaches : plumes de leurs coiffures.

8. Fessé en faux-bourdon : allusion au *Candide* de Voltaire, chap. VI.

9. En chartre : en prison, c'est-à-dire qu'ils ont été arrêtés dans leur croissance.

Page 30.

10. Ergotisme : manie d'ergoter.

Page 31.

11. Imbroille : imbroglio.
12. Le Machiniste : le personnage qui a l'initiative des actions.

Page 32.

13. Le rescille : la résille.
14. La scène de reconnaissance esquissée ici passera, avec des modifications, au troisième acte du *Mariage de Figaro.*
15. Frater : garçon chirurgien.
16. Luc Gauric (1476-1558) : célèbre astrologue.

Page 34.

17. Fringueneur : gratteur de guitare.
18. Phlébotome : lancette pour les saignées.

Page 35.

19. Petites Loges : loges grillagées, où les spectateurs n'étaient pas vus de la salle.

Page 38.

20. L'abbé d'Aubignac est l'auteur d'une *Pratique du théâtre* publiée en 1657.

Page 39.

21. *On ne s'avise jamais de tout :* c'est le titre d'un opéra-comique en un acte de Sedaine joué en 1761.
22. La canne à corbin, ou à bec de corbin, a une poignée en forme de bec. Elle est une marque de distinction.

Page 42.

23. Vestris (1729-1808) et d'Auberval (1742-1806) : célèbres danseurs contemporains.
24. Le verbe *monotoner* est une création de Beaumarchais.

Page 46.

25. Majo : jeune élégant.

Page 47.

26. Alguazils : policiers.

Page 49.

27. Isabelle la Catholique, c'est-à-dire au XVe siècle.

Page 54.

28. Souvenir possible d'un passage de *La Henriade* de Voltaire, chant IX :

> La sombre Jalousie, au teint pâle et livide,
> Suit d'un pas chancelant le Soupçon qui la guide.

Page 56.

29. C'est le délai pendant lequel on pouvait faire appel.

Page 57.

30. Les maringouins sont des insectes, mais leur nom est aussi une allusion au censeur Marin, qui s'était opposé à Beaumarchais lors de l'affaire Goezman.

31. Allusion au « blâme » infligé à Beaumarchais le 26 février 1774.

Page 59.

32. « Bartholo n'aimait pas les drames. Peut-être avait-il fait quelque tragédie dans sa jeunesse » (note de Beaumarchais).

Page 63.

33. Dans la version en cinq actes, le portrait était beaucoup plus développé. Il continuait ainsi : « Libre une seconde fois par veuvage et tout frais émoulu de coquardise, encore en veut-il retâter, le galant. Mais c'est bien l'animal le plus cauteleux. Le Comte. — Tant pis. Et comment vivent-ils ensemble ? Figaro. — Comme minet et chien galeux renfermés au même sac, toujours en guerre ; se peut-il aller autrement ? Mignonne, pucelette, jeune, accorte et fraîche, agaçant l'appétit, peau satinée, bras dodus, main blanchette, la bouche rosée, la plus douce haleine et des joues, des yeux, des dents !... que c'est un charme à voir. Toujours vis-à-vis un vieux bouquin, à la vérité toujours boutonné, rasé, frisqué et guerdonné comme amoureux en baptême, mais ridé, chassieux, jaloux, sottin, marmiteux, qui tousse et crache, et gronde, et geint tour à tour. Gravelle aux reins, perclus d'un bras et déferré des jambes, le pauvre écuyer ! S'il verdoie encore par le chef, vous sentez que c'est comme la mousse ou l'agaric, ou le gui sur un arbre mort. Quel attisement pour un tel feu ! »

Page 71.

34. *Le Maître en Droit :* opéra-comique de Lemonnier (1760).

Page 74.

35. Description approximative de l'enseigne des barbiers-perruquiers. *Consilio manuque* signifie : avec clairvoyance et habileté.

Page 80.

36. « Le mot *enfiévré,* qui n'est pas français a excité la plus vive indignation parmi les Puritains littéraires ; je ne conseille à aucun galant homme de s'en servir ; mais M. Figaro !... » (note de Beaumarchais).

Page 85.

37. A me douloir : à avoir mal.

Page 89.

38. Cette tirade de la Calomnie n'apparaît dans les manuscrits qu'au début de 1775, peu avant la création de la pièce.

Page 99.

39. Air du *Déserteur* (1769) de Sedaine.

Page 105.

40. *Dulciter :* doucement.

Page 119.

41. Sa main : son écriture.

Page 125.

42. Le chant était alors jugé incompatible avec la dignité de la Comédie-Française, et l'interprète de Rosine, Mlle Doligny, refusa, après la première représentation, de chanter cette ariette. En publiant la pièce, Beaumarchais inséra ici la note suivante : « Cette ariette, dans le goût espagnol, fut chantée le premier jour à Paris, malgré les huées, les rumeurs et le train usités au parterre en ces jours de crise et de combat. La timidité de l'actrice l'a depuis empêchée d'oser la redire, et les jeunes rigoristes du théâtre l'ont fort louée de cette réticence. Mais si la dignité de la Comédie-Française y a gagné quelque chose, il faut convenir que *Le Barbier de Séville* y a beaucoup perdu. C'est pourquoi, sur les théâtres où quelque peu de musique ne tirera pas tant à conséquence, nous invitons tous directeurs à la restituer, tous acteurs à la chanter, tous spectateurs à l'écouter et tous critiques à nous la pardonner, en faveur du genre de la pièce et du plaisir que leur fera le morceau. »

Page 128.

43. Je toupille : je tourne comme une toupie, c'est-à-dire je vais dans tous les sens.

Page 135.

44. Nous l'avons manqué belle : nous avons manqué une belle occasion.

Page 168.

45. Un manuscrit ajoutait ici cette réplique de Bartholo : « Eh ! vous moquez-vous de moi, monsieur le Comte, avec vos dénouements de comédie ! Ne s'agit-il donc que de venir dans les maisons enlever les pupilles et laisser le bien aux tuteurs ? Il semble que nous soyons sur les planches. »

JEAN BÊTE À LA FOIRE

Page 174.

1. Punais : qui sent mauvais.

Page 175.

2. La fressure : le cœur.

Page 176.

3. Ce sont des noms de jeux véritables.

Page 177.

4. Citation d'une réplique de la tragédie de Racine, *Phèdre,* acte I, scène 3, évidemment avec une intention parodique.

Page 178.

5. Lorsque des enfants étaient nés avant le mariage, l'usage était, pour les légitimer, de les mettre sous le poêle de l'église lors de la cérémonie nuptiale.

6. Contamination burlesque de deux expressions : « crier comme un aveugle qui a perdu son bâton » et « faire comme les anguilles qui crient avant qu'on les écorche ».

Page 181.

7. Gondrille : épée. Arlequin veut dire qu'avec son épée, Jean Bête aurait dû battre (relicher) Gilles.

8. Chifflet : sifflet, c'est-à-dire le gosier.

Page 183.

9. Galefretier : coquin.
10. Contamination des deux expressions « malheureux comme un chien » et « malheureux comme les pierres ».

Page 184.

11. Maléfice : maléfique.
12. Bicêtre : hôpital spécialisé dans les maladies vénériennes.
13. Un picpus était un religieux franciscain, habitant dans le village du même nom.
14. Jérôme : nom traditionnel du bâton. *Tricoter* est donner des coups de bâton.
15. « De quel bois je me chauffe » est peut-être ici contaminé avec « ne pas se moucher du pied ».
16. Bouquin : bouc.
17. Huile de cotteret : autre nom des coups de bâton.

Page 185.

18. Que j'aurais mis dans ma chemise : que j'aurais traité comme moi-même.
19. Cocodrille : crocodile.

Page 186.

20. Mon ch'père : pour « mon cher père ». Forme courante dans les parades.
21. Galvaudé : rudoyé.

Page 187.

22. Vous prenez mon cul pour vos chausses : vous vous trompez.
23. Drès : dès.
24. Le Breton : éditeur qui publiait l'Almanach royal.

Page 188.

25. Sous la cheminée : c'est-à-dire clandestinement.
26. Sainte Marie Bobine : sainte de fantaisie.

Page 189.

27. Gadouard : vidangeur.
28. La Courtille : dans le village de Belleville.

Page 190.

29. Vous ragotez toujours la même turelure : vous grondez toujours la même chanson.

Page 191.

30. Qui rognonne : qui grommelle. Comme Bartholo.
31. Le Bachart : le Pacha.

Page 192.

32. Toujours un trou dans chaque cheville : c'est-à-dire : elle a réponse à tout.
33. Motapa : pour : Monomotapa. C'est-à-dire un personnage venu d'une contrée lointaine.

Page 194.

34. Douge : douche.
35. Bastante : suffisamment prête.
36. Leste : élégante.
37. L'extrait était placé sur un seul numéro de la loterie, l'ambe sur deux, le terne sur trois.

Page 195.

38. En réalité, Landau est dans le Palatinat.
39. Le serre fort : la pendaison.
40. Mettait banque en route : donc faisait banqueroute.

Page 197.

41. Jean gros né : surnom traditionnel, impliquant un certain mépris.

Page 201.

42. Guilleri : refrain de chanson.
43. Un manuscrit conservé par la famille de Beaumarchais indique ici des jeux de scène plus développés : « Arlequin en ours danse sur les pieds de derrière, mais en sautant il donne un soufflet à Gilles, qui veut aller prendre un bâton. Arlequin lui saute sur les épaules, l'abat et le pétrit. Cassandre veut bailler de sa canne à l'ours, Jean Bête vient à son secours et rosse Cassandre avec un grand fouet. Ils s'enfuient tous. Isabelle fait des cris d'accouchée. Jean Bête la retient, ôte son nez postiche, Arlequin ôte sa peau d'ours. »
44. Fiché le tour : donné une raclée.

Page 203.

45. Fassent le coq-six-grues : l'expression normale serait : fassent le pied de grue, c'est-à-dire attendent. Une coquecigrue est un original, un peu ridicule.

Page 204.

46. Que chacun file sa corde : que chacun soit responsable des actions qui finiront par le faire pendre.

Page 205.

47. Raquillonne : querelle.
48. Tartagème : stratagème.

Page 208.

49. Rebouiseur : nettoyeur.

Page 209.

50. Cadet est le derrière. Arlequin veut dire qu'il est assis par terre et que par conséquent il a la tête en haut.

Page 210.

51. Par contraste avec le cul-de-sac, comme le suggèrent les répliques suivantes.

Page 212.

52. Voltaire s'était intéressé aux problèmes de l'orthographe.
53. Galipot : coquin.

Page 213.

54. Grouin : se dit du museau d'un animal.

Page 216.

55. Allusion populaire à la trompette de Jéricho, qui fit s'écrouler la muraille.

Page 217.

56. Langues de Capharnaüm : créatrices de confusion.

Page 218.

57. Il s'agit du *Peintre amoureux de son modèle* (1757) d'Anseaume et Duni.

Page 222.

58. Il s'agit de *Blaise le savetier* (1759), de Sedaine et Philidor.

Page 224.

59. Tropique : un topique est une sorte de remède.

Page 226.

60. Troufignon signifie anus, ce qui explique les sous-entendus des répliques suivantes.

Page 227.

61. Bécasse : Boccace. La réplique mêle auteurs érotiques et auteurs chrétiens.

Page 229.

62. Chiffler : siffler.

Page 230.

63. Apothicuflaire : mot constitué par « apothicaire », « cul » et « flairer ».

Page 232.

64. Langueyeur de porc : chargé de l'inspection sanitaire des porcs.
65. Des raquettes : des requêtes.
66. Cataplasse : pour catafalque.

Page 234.

67. Pierre Larthomas note qu'en réalité c'est saint Roch qu'on invoque contre la peste et saint Hubert contre la rage. Ce type de confusion volontaire est fréquent dans les parades.

Page 235.

68. Ratoire : pour oratoire. Et, dans la phrase précédente, théorique pour rhétorique.

Page 236.

69. La Saint-Charles Borromée se fête le 4 novembre.
70. Visautrou est un nom traditionnel d'apothicaire.

Page 237.

71. Chiclopédie : encyclopédie.
72. La Ramée : c'est un nom traditionnel de soldat.

Page 239.

73. Qu'eux gaux : quelle joie.

Page 240.

74. En godinett' : amoureusement.

Page 242.

75. Sur ce souvenir du *Sacristain,* voir la notice du *Barbier de Séville,* p. 253.

76. Estoupilles : mèches.

77. Il s'agit sans doute d'une scène du *Sacristain* qui ne nous est pas parvenue, mais à laquelle il subsiste une allusion ; voir la notice du *Barbier de Séville,* p. 252.

78. Le manuscrit conservé par la famille de Beaumarchais ajoute ici des « Couplets chantés le même jour pour la fête de M. Le Normand d'Étioles ». Le paysan qui les chante s'identifie à Beaumarchais par l'allusion suivante :

L'hiver dernier j'eut un maudit procès
Qui m'donna ben d'la tablature !
J'm'en vas vous l'dire : on m'avait mit t'exprès
Sous c'te nouvell' magistrature.

Il s'agit évidemment du Parlement Maupeou et du procès de Beaumarchais contre Goezman. Ces couplets doivent donc être datés du 4 novembre 1774. Ils sont contemporains des derniers stades de la préparation du *Barbier de Séville.*

DU MÊME AUTEUR

Dans la même collection

Édition collective

LE MARIAGE DE FIGARO. LA MÈRE COUPABLE. *Édition présentée, établie et annotée par Pierre Larthomas.*

Édition isolée

LE MARIAGE DE FIGARO. *Édition présentée et établie par Pierre Larthomas.*

Dans la collection Folio théâtre

LE BARBIER DE SÉVILLE. *Édition de Françoise Bagot et Michel Kail.*

LE MARIAGE DE FIGARO. *Édition de Françoise Bagot et Michel Kail.*

COLLECTION FOLIO

Dernières parutions

4189. Philippe Sollers — *Illuminations.*
4190. Henry James — *La Source sacrée.*
4191. Collectif — *«Mourir pour toi».*
4192. Hans Christian Andersen — *L'elfe de la rose et autres contes du jardin.*
4193. Épictète — *De la liberté* précédé de *De la profession de Cynique.*
4194. Ernest Hemingway — *Histoire naturelle des morts* et autres nouvelles.
4195. Panaït Istrati — *Mes départs.*
4196. H. P. Lovecraft — *La peur qui rôde* et autres nouvelles.
4197. Stendhal — *Féder ou Le Mari d'argent.*
4198. Junichirô Tanizaki — *Le meurtre d'O-Tsuya.*
4199. Léon Tolstoï — *Le réveillon du jeune tsar* et autres contes.
4200. Oscar Wilde — *La Ballade de la geôle de Reading.*
4201. Collectif — *Témoins de Sartre.*
4202. Balzac — *Le Chef-d'œuvre inconnu.*
4203. George Sand — *François le Champi.*
4204. Constant — *Adolphe. Le Cahier rouge. Cécile.*
4205. Flaubert — *Salammbô.*
4206. Rudyard Kipling — *Kim.*
4207. Flaubert — *L'Éducation sentimentale.*
4208. Olivier Barrot/Bernard Rapp — *Lettres anglaises.*
4209. Pierre Charras — *Dix-neuf secondes.*
4210. Raphaël Confiant — *La panse du chacal.*
4211. Erri De Luca — *Le contraire de un.*
4212. Philippe Delerm — *La sieste assassinée.*
4213. Angela Huth — *Amour et désolation.*
4214. Alexandre Jardin — *Les Coloriés.*

4215. Pierre Magnan — *Apprenti.*
4216. Arto Paasilinna — *Petits suicides entre amis.*
4217. Alix de Saint-André — *Ma Nanie,*
4218. Patrick Lapeyre — *L'homme-sœur.*
4219. Gérard de Nerval — *Les Filles du feu.*
4220. Anonyme — *La Chanson de Roland.*
4221. Maryse Condé — *Histoire de la femme cannibale.*
4222. Didier Daeninckx — *Main courante* et *Autres lieux.*
4223. Caroline Lamarche — *Carnets d'une soumise de province.*
4224. Alice McDermott — *L'arbre à sucettes.*
4225. Richard Millet — *Ma vie parmi les ombres.*
4226. Laure Murat — *Passage de l'Odéon.*
4227. Pierre Pelot — *C'est ainsi que les hommes vivent.*
4228. Nathalie Rheims — *L'ange de la dernière heure.*
4229. Gilles Rozier — *Un amour sans résistance.*
4230. Jean-Claude Rufin — *Globalia.*
4231. Dai Sijie — *Le complexe de Di.*
4232. Yasmina Traboulsi — *Les enfants de la Place.*
4233. Martin Winckler — *La Maladie de Sachs.*
4234. Cees Nooteboom — *Le matelot sans lèvres.*
4235. Alexandre Dumas — *Le Chevalier de Maison-Rouge.*
4236. Hector Bianciotti — *La nostalgie de la maison de Dieu.*
4237. Daniel Boulanger — *Tombeau d'Héraldine.*
4238. Pierre Clémenti — *Quelques messages personnels.*
4239. Thomas Gunzig — *Le plus petit zoo du monde.*
4240. Marc Petit — *L'équation de Kolmogoroff.*
4241. Jean Rouaud — *L'invention de l'auteur.*
4242. Julian Barnes — *Quelque chose à déclarer.*
4243. Nerval — *Aurélia.*
4244. Christian Bobin — *Louise Amour.*
4245. Mark Z. Danielewski — *Les Lettres de Pelafina.*
4246. Marthe et Philippe Delerm — *Le miroir de ma mère.*
4247. Michel Déon — *La chambre de ton père.*
4248. David Foenkinos — *Le potentiel érotique de ma femme.*
4249. Éric Fottorino — *Caresse de rouge.*

4250.	J. M. G. Le Clézio	*L'Africain.*
4251.	Gilles Leroy	*Grandir.*
4252.	Jean d'Ormesson	*Une autre histoire de la littérature française, I.*
4253.	Jean d'Ormesson	*Une autre histoire de la littérature française, II.*
4254.	Jean d'Ormesson	*Et toi mon cœur pourquoi bats-tu.*
4255.	Robert Burton	*Anatomie de la mélancolie.*
4256.	Corneille	*Cinna.*
4257.	Lewis Carroll	*Alice au pays des merveilles.*
4258.	Antoine Audouard	*La peau à l'envers.*
4259.	Collectif	*Mémoires de la mer.*
4260.	Collectif	*Aventuriers du monde.*
4261.	Catherine Cusset	*Amours transversales.*
4262.	A. Corréard/ H. Savigny	*Relation du naufrage de la frégate la* Méduse.
4263.	Lian Hearn	*Le clan des Otori, III : La clarté de la lune.*
4264.	Philippe Labro	*Tomber sept fois, se relever huit.*
4265.	Amos Oz	*Une histoire d'amour et de ténèbres.*
4266.	Michel Quint	*Et mon mal est délicieux.*
4267.	Bernard Simonay	*Moïse le pharaon rebelle.*
4268.	Denis Tillinac	*Incertains désirs.*
4269.	Raoul Vaneigem	*Le chevalier, la dame, le diable et la mort.*
4270.	Anne Wiazemsky	*Je m'appelle Élisabeth.*
4271.	Martin Winckler	*Plumes d'Ange.*
4272.	Collectif	*Anthologie de la littérature latine.*
4273.	Miguel de Cervantes	*La petite Gitane.*
4274.	Collectif	*«Dansons autour du chaudron».*
4275.	Gilbert Keeith Chesterton	*Trois enquêtes du Père Brown.*
4276.	Francis Scott Fitzgerald	*Une vie parfaite* suivi de *L'accordeur.*
4277.	Jean Giono	*Prélude de Pan* et autres nouvelles.
4278.	Katherine Mansfield	*Mariage à la mode* précédé de *La Baie.*

4279. Pierre Michon	*Vie du père Foucault — Vie de Georges Bandy.*
4280. Flannery O'Connor	*Un heureux événement* suivi de *La Personne Déplacée.*
4281. Chantal Pelletier	*Intimités* et autres nouvelles.
4282. Léonard de Vinci	*Prophéties* précédé de *Philosophie et aphorismes.*
4283. Tonino Benacquista	*Malavita.*
4284. Clémence Boulouque	*Sujets libres.*
4285. Christian Chaix	*Nitocris, reine d'Égypte T. 1.*
4286. Christian Chaix	*Nitocris, reine d'Égypte T. 2.*
4287. Didier Daeninckx	*Le dernier guérillero.*
4288. Chahdortt Djavann	*Je viens d'ailleurs.*
4289. Marie Ferranti	*La chasse de nuit.*
4290. Michael Frayn	*Espions.*
4291. Yann Martel	*L'Histoire de Pi.*
4292. Harry Mulisch	*Siegfried. Une idylle noire.*
4293. Ch. de Portzamparc/ Philippe Sollers	*Voir Écrire.*
4294. J.-B. Pontalis	*Traversée des ombres.*
4295. Gilbert Sinoué	*Akhenaton, le dieu maudit.*
4296. Romain Gary	*L'affaire homme.*
4297. Sempé/Suskind	*L'histoire de Monsieur Sommer.*
4298. Sempé/Modiano	*Catherine Certitude.*
4299. Pouchkine	*La Fille du capitaine.*
4300. Jacques Drillon	*Face à face.*
4301. Pascale Kramer	*Retour d'Uruguay.*
4302. Yukio Mishima	*Une matinée d'amour pur.*
4303. Michel Schneider	*Maman.*
4304. Hitonari Tsuji	*L'arbre du voyageur.*
4305. George Eliot	*Middlemarch.*
4306. Jeanne Benameur	*Les mains libres.*
4307. Henri Bosco	*Le sanglier.*
4308. Françoise Chandernagor	*Couleur du temps.*
4309. Colette	*Lettres à sa fille.*
4310. Nicolas Fargues	*Rade Terminus*
4311. Christian Garcin	*L'embarquement.*
4312. Iegor Gran	*Ipso facto.*
4313. Alain Jaubert	*Val Paradis.*
4314. Patrick Mcgrath	*Port Mungo.*

4315. Marie Nimier	*La Reine du silence.*
4316. Alexandre Dumas	*La femme au collier de velours.*
4317. Anonyme	*Conte de Ma'rûf le savetier.*
4318. René Depestre	*L'œillet ensorcelé.*
4319. Henry James	*Le menteur.*
4320. Jack London	*La piste des soleils.*
4321. Jean-Bernard Pouy	*La mauvaise graine.*
4322. Saint Augustin	*La Création du monde et le Temps.*
4323. Bruno Schulz	*Le printemps.*
4324. Qian Zhongshu	*Pensée fidèle.*
4325. Marcel Proust	*L'affaire Lemoine.*
4326. René Belletto	*La machine.*
4327. Bernard du Boucheron	*Court Serpent.*
4328. Gil Courtemanche	*Un dimanche à la piscine à Kigali.*
4329. Didier Daeninckx	*Le retour d'Ataï.*
4330. Régis Debray	*Ce que nous voile le voile.*
4331. Chahdortt Djavann	*Que pense Allah de l'Europe?*
4332. Chahdortt Djavann	*Bas les voiles!*
4333. Éric Fottorino	*Korsakov.*
4334. Charles Juliet	*L'année de l'éveil.*
4335. Bernard Lecomte	*Jean-Paul II.*
4336. Philip Roth	*La bête qui meurt.*
4337. Madeleine de Scudéry	*Clélie.*
4338. Nathacha Appanah	*Les rochers de Poudre d'Or.*
4339. Élisabeth Barillé	*Singes.*
4340. Jerome Charyn	*La Lanterne verte.*
4341. Driss Chraïbi	*L'homme qui venait du passé.*
4342. Raphaël Confiant	*Le cahier de romances.*
4343. Franz-Olivier Giesbert	*L'Américain.*
4344. Jean-Marie Laclavetine	*Matins bleus.*
4345. Pierre Michon	*La Grande Beune.*
4346. Irène Némirovsky	*Suite française.*
4347. Audrey Pulvar	*L'enfant-bois.*
4348. Ludovic Roubaudi	*Le 18.*
4349. Jakob Wassermann	*L'Affaire Maurizius.*
4350. J. G. Ballard	*Millenium People.*
4351. Jerome Charyn	*Ping-pong.*
4352. Boccace	*Le Décameron.*

4353. Pierre Assouline	*Gaston Gallimard.*
4354. Sophie Chauveau	*La passion Lippi.*
4355. Tracy Chevalier	*La Vierge en bleu.*
4356. Philippe Claudel	*Meuse l'oubli.*
4357. Philippe Claudel	*Quelques-uns des cent regrets.*
4358. Collectif	*Il était une fois... Le Petit Prince.*
4359. Jean Daniel	*Cet étranger qui me ressemble.*
4360. Simone de Beauvoir	*Anne, ou quand prime le spirituel.*
4361. Philippe Forest	*Sarinagara.*
4362. Anna Moï	*Riz noir.*
4363. Daniel Pennac	*Merci.*
4364. Jorge Semprún	*Vingt ans et un jour.*
4365. Elizabeth Spencer	*La petite fille brune.*
4366. Michel tournier	*Le bonheur en Allemagne?*
4367. Stephen Vizinczey	*Éloge des femmes mûres.*
4368. Byron	*Dom Juan.*
4369. J.-B. Pontalis	*Le Dormeur éveillé.*
4370. Erri De Luca	*Noyau d'olive.*
4371. Jérôme Garcin	*Bartabas, roman.*
4372. Linda Hogan	*Le sang noir de la terre.*
4373. LeAnne Howe	*Équinoxes rouges.*
4374. Régis Jauffret	*Autobiographie.*
4375. Kate Jennings	*Un silence brûlant.*
4376. Camille Laurens	*Cet absent-là.*
4377. Patrick Modiano	*Un pedigree.*
4378. Cees Nooteboom	*Le jour des Morts.*
4379. Jean-Chistophe Rufin	*La Salamandre.*
4380. W. G. Sebald	*Austerlitz.*
4381. Collectif	*Humanistes européens de la Renaissance.* (à paraître)
4382. Philip Roth	*La contrevie.*
4383. Antonio Tabucchi	*Requiem.*
4384. Antonio Tabucchi	*Le fil de l'horizon.*
4385. Antonio Tabucchi	*Le jeu de l'envers.*
4386. Antonio Tabucchi	*Tristano meurt.*
4387. Boileau-Narcejac	*Au bois dormant.*
4388. Albert Camus	*L'été.*
4389. Philip K. Dick	*Ce que disent les morts.*
4390. Alexandre Dumas	*La Dame pâle.*

4391. Herman Melville	*Les Encantadas, ou Îles Enchantées.*
4392. Pidansat de Mairobert	*Confession d'une jeune fille.*
4393. Wang Chong	*De la mort.*
4394. Marguerite Yourcenar	*Le Coup de Grâce.*
4395. Nicolas Gogol	*Une terrible vengeance.*
4396. Jane Austen	*Lady Susan.*
4397. Annie Ernaux/ Marc Marie	*L'usage de la photo.*
4398. Pierre Assouline	*Lutetia.*
4399. Jean-François Deniau	*La lune et le miroir.*
4400. Philippe Djian	*Impuretés.*
4401. Javier Marías	*Le roman d'Oxford.*
4402. Javier Marías	*L'homme sentimental.*
4403. E. M. Remarque	*Un temps pour vivre, un temps pour mourir.*
4404. E. M. Remarque	*L'obélisque noir.*
4405. Zadie Smith	*L'homme à l'autographe.*
4406. Oswald Wynd	*Une odeur de gingembre.*
4407. G. Flaubert	*Voyage en Orient.*
4408. Maupassant	*Le Colporteur* et autres nouvelles.
4409. Jean-Loup Trassard	*La déménagerie.*
4410. Gisèle Fournier	*Perturbations.*
4411. Pierre Magnan	*Un monstre sacré.*
4412. Jérôme Prieur	*Proust fantôme.*
4413. Jean Rolin	*Chrétiens.*
4414. Alain Veinstein	*La partition*
4415. Myriam Anissimov	*Romain Gary, le caméléon.*
4416. Bernard Chapuis	*La vie parlée.*
4417. Marc Dugain	*La malédiction d'Edgar.*
4418. Joël Egloff	*L'étourdissement.*
4419. René Frégni	*L'été.*
4420. Marie NDiaye	*Autoportrait en vert.*
4421. Ludmila Oulitskaïa	*Sincèrement vôtre, Chourik.*
4422. Amos Oz	*Ailleurs peut-être.*
4423. José Miguel Roig	*Le rendez-vous de Berlin.*
4424. Danièle Sallenave	*Un printemps froid.*

Impression Maury
45330 Malesherbes
le 3 mars 2007.
Dépôt légal : mars 2007.
Numéro d'imprimeur : 127942.
ISBN 978-2-07-033981-5. / Imprimé en France.

145159